Les Champs captants

DE LA MÊME AUTRICE

Sœur Sourire, Plon, 1996.
Je n'ai pas de château, Gallimard, 1998.
Le Poisson dans l'arbre, Gallimard (« Haute enfance »), 2001.
Les enfants qui tombent dans la mer, Gallimard, 2003.
La Chambre des machines, Gallimard, 2006.
Terre neuve, Gallimard, 2010.
Deux livres de chair, Éditions François Bourin, 2016.
Hors d'ici, le cherche midi éditeur, 2020.

Littérature pour la jeunesse
À quoi rêve Crusoé ?, Éditions du Rouergue, 2012.
Amour ennemi, Oskar Éditeur, 2013.

Traduction
Lewis Carroll, *Petite Alice aux merveilles*, Gallimard Jeunesse/Giboulée, 2013.

Florence Delaporte

Les Champs captants

roman

Robert Laffont

ISBN : 978-2-221-25380-9
Dépôt légal : avril 2023
Éditions Robert Laffont – 92, avenue de France, 75013 Paris

Pour le Vieux Château
et à ses habitants d'autrefois et d'aujourd'hui.

C'était ainsi qu'on était vraiment ! Il ne restait rien qu'il fallût cacher ou dont on dût rougir !

D. H. Lawrence, *L'Amant de Lady Chatterley*,
traduction F. Roger-Cornaz, Gallimard, 1932

La porte de l'invisible / est visible / La porte cachée / n'est pas cachée / Je la franchis continuellement / sans la voir.

Lawrence Ferlinghetti, *La Nuit mexicaine*,
traduction Daniel Blanchard,
L'Une et l'Autre Éditions, 2013

1.

Chant de l'île

L'île s'étend entre le Vieux Rhône et son canal, longue et torse, cachée au nord dans ses arbres. Elle reste en dehors du temps pendant que la ville pousse, que disparaissent les vapeurs, les halliers, les braconniers, les bacs à traille et les sirènes qui y lavaient le linge, invitant le passant à le tordre avec elles pour mieux le noyer. Eaux poissonneuses, mais trop rapides pour le pêcheur du dimanche, seules des mains expertes savaient manier autrefois les barques et les lignes, et cueillir les poissons égarés dans les bras morts – les lônes.

Les vestiges carolingiens s'évanouissent sous la mousse, avec, peut-être, l'épée Durandal. Les ogives gothiques s'effondrent dans les fougères, bouchant l'entrée des souterrains. Les nombreux mammifères en liberté flairent l'odeur puissante des eaux vertes, les marcassins trébuchent entre les pattes de leur mère, les biches détalent dans les fourrés. Les oiseaux migrateurs y font halte au printemps et à l'automne, par longues bandes triangulaires. Ils se nourrissent et s'abreuvent dans les bassins et tourbillonnent de rive en rive, témoins silencieux du fleuve qui s'élance, de plus en plus puissant au fur et à mesure que l'on étrique ses rives, de plus en plus dangereux pour les ombres furtives se glissant, la nuit, de la cité vrombissante à la quiétude mystérieuse de l'île.

Quelques grands chats forestiers s'aventurent près de la Folie, château miniature en pierre de taille, secret et délicieux, construit au XVIIIe siècle pour le plaisir des sens entre gens du monde, mais loin des mondanités. Les chats forestiers connaissent le soupirail qui donne sur la cave, ils y chassent les souris, les crapauds terrés pour l'hiver, ils coursent les pigeons qui abîmeraient la toiture et les volets, ils montent la garde contre les rongeurs, les loirs nicheurs. Ils découragent les mille et un petits prédateurs de maison abandonnée. Les félins sauvages gardent intacte la bâtisse, se frottent au soleil contre ses pierres chaudes, reniflent le seuil des portes pour humer l'air du dedans et s'assurer qu'aucun intrus ne vient troubler la magie des lieux.

Une maison construite autrefois pour des amours illicites ou fugaces, mais des amours quand même, entourée de bêtes, encerclée d'eau. Couverte de chèvrefeuilles, d'ampélopsis, d'ipomées, de glycines, de passiflores et de clématites. Et d'un immense jasmin parfumé. On la voyait à peine. Dès le printemps, on la retrouvait à l'odeur de fleurs.

Depuis quelques décennies, on capte l'eau pure au fond des alluvions pour les habitants de la grande ville, dans les puits creusés par les Romains à travers la gravière jusqu'aux nappes phréatiques. L'île s'ensauvage. Deux vieux ponts barrés en interdisent le passage aux hommes et aux animaux. Les arbres sur les rives du Rhône penchent dans leur reflet. Le garde champêtre patrouille nuit et jour pour protéger la zone sensible et ses cent quatorze puits.

L'aventurier nocturne connaît ses tours de garde.

2.

Chant d'Henri

Il va faire beau. Les passants marchent plus légèrement sur les trottoirs. Des femmes tendent le visage au passage lumineux d'un rayon, des hommes s'adossent aux murs pour fumer, le regard vague. La matinée lève la brume sur la ville, le premier grand soleil de printemps couve les bourgeons des arbres le long des boulevards. La grisaille reflue vers les toits d'ardoise, laissant les flaques de la nuit dans les caniveaux.

Henri s'est habillé de frais. Contre la déréliction qui menace, Henri fait face avec des accessoires. Il veut offrir aux regards un beau vieillard bien droit, sans avoir l'air endimanché, la veste de saison fermée sous le pardessus, l'écharpe en cachemire l'hiver, en soie l'été, le pli du pantalon coupant, la canne au pommeau d'argent. En hiver, il porte également un chapeau noir en feutre avec un ruban. Le respect se force avec des moyens dérisoires, mais efficaces. Autrefois, il charmait avec un pull en maille à même la peau, ces temps-là sont révolus.

Chaque matin, il arpente le quartier pour un nouvel achat. Chaque jour, il rend visite à un commerçant différent : le boucher-charcutier affable qui le traite en milord et connaît son goût pour la viande des Grisons très finement tranchée (« je ne vends pas de la vache, moi, Monsieur »), secondé par un apprenti qui change quelquefois, des jeunes migrants tout en jambes qui s'appliquent sans sourire ; le traiteur et ses employées moroses mais qu'un bon mot déride ; la fromagère et son amie, vives et inquiètes comme des passereaux ; la poissonnière aux mains courtes rougies qui lui sert des crevettes et du crabe car il ne sait pas cuire le poisson ; les pharmaciens qu'il enrichit de plus en plus (en alternance celui de la place et celui du boulevard) ; le caviste, un brin hâbleur ; le vendeur de fruits et légumes marocain et son fils chez qui il fait une pause sur une chaise pendant qu'on remplit son panier d'oranges à presser. Tous les matins sauf le lundi, jour de la Poste, ou de la banque, parfois au bureau de tabac pour des piles ou de petits accessoires de bureau. Souvent au café de la place, où on lui apporte un déca serré et un verre d'eau depuis des décennies sans lui parler, sans familiarité – cette ville n'est pas propice aux connivences –, mais avec le regard plus long qu'on jette sur les habitués. Il ne connaît personne suffisamment pour engager la conversation, même sur la météo. Seul, en terrasse s'il fait beau, il ne résiste pas aux images de douceur qui le traversent par longues vagues. Visages de femmes aimées. Leurs rires, il les entend parfois, avec nostalgie et plaisir. Comme un écho dans sa tasse de café, leurs voix, des bribes de la dernière conversation avec l'une ou l'autre femme de sa vie, et il se sourit à lui-même.

Henri glisse dans son quartier la canne en avant, l'œil bienveillant derrière des lunettes neuves écaille de tortue. Il flâne, il prend l'air, il marche pour marcher, il marche pour s'entendre marcher, avec ses chaussures italiennes étincelantes, sa vigueur emportée, il se fatigue à se montrer affairé et se reposera plus tard. Il ne veut pas s'asseoir sur un banc de la place près des clochards, des hommes sans abri recueillis par intermittence au foyer de la rue derrière, il aurait l'air d'un vieux qui s'essouffle, ce qu'il est, ce qu'il déteste, ce qui le tuera sans doute.

Le cœur d'Henri a tant battu. La chamade, la campagne, il a battu l'air, brassé l'air le plus ténu, le plus tendre, battu le sang de l'amour, baratté le sang des amours clandestines, des amours multiples, des belles amours vertueuses et de celles dont on ne sait plus, avec le temps, si ça valait la peine. Le cœur d'Henri a défailli souvent, pour la beauté des femmes, pour leurs yeux pleins d'amour ou de ce qui en tient lieu quand elles ont joui éperdument, pour les seins d'Annie, pour les fossettes et le rire de gorge de Fanny, pour la nuque d'Élise, pour tous les creux du corps d'Élise, pour des soirs de bonheur sur la terrasse, là-bas, où s'allongeait Don Diego sur le ventre en soupirant d'aise, la truffe sur les pattes, la prunelle marron énamourée à travers les poils.

Il défaille parfois pour un rien et Henri se met en colère contre lui. Les deux mains appuyées sur sa canne, il attend que passe le malaise et quand les palpitations cessent – des crapauds fatigués de sauter –, il rassemble son énergie et s'en va d'un pas qu'il croit assuré vers la chaise la plus proche. Maintenant, il garde des médicaments sur lui, mais il faut un verre d'eau pour les avaler. Se rendre jusqu'à la cuisine, c'est encore possible, mais dehors il déglutit péniblement les gélules, le dos contre un mur en respirant tranquillement, le temps de recouvrer la force de rentrer.

Le pronostic n'est pas bon. Il le sait, il a mis ses affaires en ordre. N'a pas retrouvé sa fille, qui est partie Dieu sait où pour faire Dieu sait quoi il y a quelques années avec son mec et n'a plus donné de nouvelles. Son fils, ce n'est plus la peine, son fils refuse de le voir, absolument fâché, une pierre dans son cœur, dans son jardin, il n'est pas bien loin, pourtant. Il a fallu le sortir de prison. Trop d'humiliation. La débrouille, la zone, la filouterie lui font horreur. Et la paresse, sous couvert de grands discours philosophiques, écologiques, philanthropiques, ça reste de la flemme, surtout noyée dans la fumette. Henri n'a pas eu beaucoup de liens avec son père, qu'il méprisait un peu, il n'a pas réussi à en créer avec son fils, mais qu'importe, c'est fichu maintenant. Quand on s'est fait à la force du poignet, tout seul, quand on a réussi sans patrimoine, sans réseau, on ne se justifie pas auprès d'un imbécile chevelu et bourré de principes. Il y aurait trop à mettre au jour. Tout ce qui est incomplet, inachevé, effraye Henri. Les enfants l'intimident, car ils ont une façon directe de poser les questions qui le gênent ; ils se font aussi l'écho de ce qu'ils voient et cela n'est pas acceptable. Il a pris ses enfants en grippe, d'abord par jeu, et puis, une fois leur méfiance devenue trop grande, il ne s'est pas rapproché d'eux. Il ne supportait pas leur regard quand il criait sur leur mère, ces reproches muets et blessés, il aurait préféré l'affrontement, mais ces petites créatures, se disait-il, savent être sournoises et gardent longtemps pour elles la rancœur et la froideur.

Henri avait si bien réussi tout seul, il ne pouvait tolérer qu'un jeune crétin, fût-il son fils, l'oblige à renflouer une entreprise hasardeuse, cette ferme collective d'idéalistes fumeux pour laquelle il avait demandé beaucoup d'argent. Comme s'il avait voulu faire payer à son père son absence. Le forcer à mettre un genou à terre pour s'excuser de les avoir négligés, lui et sa sœur. Mais s'excuser de quoi, pensait Henri, de quoi ? Il avait bien fallu tenir, toutes ces années. Même si sa façon de tenir se résumait à la fuite, à dormir autre part que sous le toit familial de temps en temps. Les deux mondes ne se connaissaient pas, Henri évitait soigneusement tout point de contact. Pas de comparaison entre sa famille dans la maison de ville, son ancrage, sa façade, et puis là-bas, ailleurs. La vie, la merveilleuse vie.

Mélanie avait prétexté une maladie qui l'enfermait à la maison, stores baissés, pour lui refuser son lit quelques années après leur mariage. Elle avait juste la force nécessaire pour s'occuper des deux enfants. Henri l'entourait autant qu'il en avait le loisir. Il fallait bien qu'il trouve un peu de bonheur, alors Annie, entre six heures et huit heures du soir en semaine. Pour mériter sa chance, il apportait à sa maîtresse des objets utiles dont elle ne pouvait pas soupçonner le prix, et qui mettaient du confort dans son intérieur, mais aussi des dessous en soie qu'elle portait avec fierté. Il bricolait pour arranger son petit appartement du centre-ville. Chère Annie, elle était bien mignonne et douce, même si elle n'était pas très belle avec ses mauvaises dents. Sa peau, sa chair si souple et si moelleuse, sa gentillesse, sa ferveur. Le galbe incomparable de ses seins, l'aréole large et rose, le mamelon tout de suite dressé, il ne se lassait pas de déboutonner son chemisier et de les contempler. « Ohhh, disait Henri, mais que c'est beau. Mais que c'est beau ! » On n'aurait jamais deviné, à la voir trotter dans la rue si dignement, qu'elle aimait autant le sexe. Une femme convenable, invisible dans son imperméable beige et son foulard bien noué, avec ses souliers plats bleu marine, qui jouissait si fort qu'un flot jaillissait d'elle dans un cri. Henri était son seul amant, son chéri.

Henri estimait qu'un homme qui a des maîtresses doit participer à leur ménage sans leur donner l'impression d'être entretenues. Il doit les aider financièrement, c'est tout. Ne pas seulement leur faire l'amour et espérer qu'elles se contenteront de ça, de sa présence. Il considérait comme une grande chance d'être bien reçu par une femme qui n'était pas la sienne. Il mettait un point d'honneur à lui témoigner sa reconnaissance. Sinon, on est un goujat. Un pitre. Une femme qui vous aime et veut vous garder longtemps, c'est précieux. Changer une ampoule, monter un meuble, ça ne suffit pas. Il faut leur montrer qu'elles ont du prix, et les chérir, et les choyer. C'est ce que pensait Henri en trompant sa femme. Qu'il n'était pas un queutard, mais un homme juste.

Sa vie depuis son mariage n'avait eu de frontière que celle de la réussite, c'est-à-dire de plus en plus d'argent. Il n'en disait rien à Mélanie. Sa famille vivait sur un tout petit pied pendant qu'il amassait des sommes considérables. « Je fais ça, pensait-il en ouvrant un nouveau compte en Suisse ou au Luxembourg, c'est humain, je les protège. » Il construisait sa puissance cachée, son invincible gourdin qui assommerait sans barguigner de possibles coups du sort. Les enfants n'avaient manqué de rien, il aurait pu leur assurer un bel avenir s'ils en avaient exprimé le désir. Mélanie, toujours enfermée, souffreteuse, courageuse, n'avait pas de besoins. Elle achetait de nombreux livres, mais surtout en édition de poche. Une nouvelle étagère de temps en temps l'emplissait de joie. Henri avait payé comptant la maison de ville et laissé à Mélanie le soin de l'aménager.

Quand Annie a rencontré Martin et qu'ils se sont fiancés, il a dû laisser la place. Ils ont beaucoup pleuré tous les deux pour se dire au revoir. Henri comprenait le désir d'Annie d'avoir quelqu'un avec qui vivre et faire des enfants. Un amoureux à elle toute seule, qui resterait dormir. Avec qui passer tous les week-ends, partir en vacances, ce qu'il n'avait jamais pu lui offrir. Il savait qu'un jour, un Martin ou un autre gars prêt à tout donner pour elle le chasserait du lit d'Annie, mais ils étaient si proches, si complices, qu'il n'avait rien vu venir du tout. Comme c'est étrange de pleurer d'amour dans les bras de quelqu'un sur le point de vivre sa vie. Ce Martin-là, cette face de lune, lui achèterait-il parfois des fleurs ? Et pendant combien de temps ? Annie connaissait bien la vie d'Henri, il racontait sa famille, elle lui prodiguait des conseils quand il s'énervait contre les enfants et contre la coupable indulgence de sa femme à leur égard. Elle savait qu'il ne divorcerait jamais de son amour de jeunesse. Elle ignorait que, dans son milieu, la finance, on ne divorce pas. Le patrimoine en souffre, et l'homme donne l'impression qu'il est mené par ses pulsions : changer d'avis après s'être engagé envoie de mauvais signaux en affaires. Il lui a souhaité le vrai bonheur et lui a fait un gros chèque pour son mariage.

Ensuite, il y eut Sophie, magnifique blonde très sexy, très drôle, très fougueuse, qu'il n'a plus supportée au bout d'un an, ni ses nombreux amants, ni sa désinvolture. Il voulait compter dans la vie d'une femme, s'est senti utilisé comme un mouchoir en papier, a perdu confiance, a mis son cœur en jachère. Henri a couru le guilledou, il a rencontré des femmes qu'il ne revoyait plus, les plus expertes lui apprenant au lit ce qu'il ne savait pas. Il a pris goût à des jeux auxquels on ne joue pas avec celles qu'on aime, mais aussi à toutes les danses qu'on lui enseignait sous les draps.

Il devint un homme qui savait conjuguer patience et détermination, qui aimait le corps des femmes avec une passion élaborée, une connaissance émerveillée de leur plaisir. Qui savait s'abstraire pour se consacrer au corps de l'autre jusqu'au paroxysme du désir où il l'avait amenée avec sa langue, ses doigts, ses jambes, ses bras, ses lèvres, sa voix. L'y amener et l'y laisser, l'y maintenir, longtemps et en fusion, en ne lui accordant la jouissance qu'à son heure à lui. Un homme observateur que l'instinct de domination portait à s'effacer complètement au lit, jusqu'au moment où il pouvait mener le bal et faire l'amour très longtemps, à sa façon, accueilli sans réserve. Les femmes le sentaient, elles venaient vers lui en confiance.

Henri a de longues jambes solides de marcheur, seul sport acceptable à ses yeux, promeneur, explorateur, randonneur, sa foulée est longue et sûre. Sur son visage ouvert, un œil vif, clair et gai, et un œil précis, sombre et avisé : des yeux vairons, un vert, un marron. Il ne cultive pas d'air de mystère, celui qui dissimule le vide, mais reste sur une réserve qui laisse deviner le maître d'un monde intérieur auquel vous n'auriez pas accès. Comme quelqu'un d'apparence banale, un petit comptable en pantalon de tergal qui serait le seul à savoir que son corps est couvert de tatouages colorés.

3.

Chant du fleuve

Il était bien seul ce soir-là, quand le collègue Robert l'avait embarqué. Robert avait la conviction pressante.

Monter dans une barque en pleine nuit avec son beau costume et sa cravate, Henri n'aurait jamais cru faire ça. La furtive promenade entre les arbres et les buissons avait déjà bien esquinté ses chaussures italiennes.

« Viens voir, avait dit le collègue Robert, un né natif exilé à Paris, rompu aux frasques en tout genre, le regard insolent, le teint couperosé et déjà amolli du jouisseur. Je vais te montrer quelque chose que tu devrais connaître, puisque tu aimes les femmes épanouies. »

Robert, c'était un roublard en affaires et il ne traînait pas non plus pour ce qui était des plaisirs. Ses vêtements élégants avaient l'air d'avoir passé la nuit dehors. Sa bouche formait une petite vague, fine et ondulée. Henri se méfiait toujours des gens qui avaient ce genre de bouche-là. Mais Robert était plein d'idées. Il avait amené des clients très fortunés.

Ils avaient beaucoup bu au dîner, l'enjeu portait sur un contrat important. Henri ne lésinait sur rien avant signature. Les clients n'en attendaient pas moins. Il fallait les gâter avec des spécialités locales. Mais les clients avaient voulu continuer la soirée à leurs frais, et on avait encore bu du champagne par-dessus les bourgognes dans un bar qui sentait le tabac froid, avec quelques occasionnelles trop maquillées perchées sur des tabourets, remuant leurs fesses au rythme binaire de la musique d'ambiance.

« Attends, attends, avait dit Robert devant l'air dubitatif d'Henri. Je connais un endroit incroyable, tu vas voir ! Viens, Henri, tu ne vas pas en croire tes yeux si tu aimes les filles plus classes que celles-là. Attends, viens, on y va, tu vas voir. »

Pour ne pas perdre la face, il avait suivi Robert une fois les clients rentrés à l'hôtel.

Les femmes ne sont pas des proies. Henri n'a jamais pu taper sur des popotins, lancer des blagues salaces, draguer, consommer. Il a souvent honte avec les clients ou avec certains collègues. Dès qu'ils ne sont plus chez eux, ils s'autorisent à devenir vulgaires, comme si leur épouse exerçait une censure qui leur permettait, sous son emprise, de se conduire à la maison seulement en hommes à peu près finis. Il veut rester le même avec sa femme et avec ses maîtresses : respectueux. Irréprochable.

Sur les berges du fleuve très en amont du centre, vers les quartiers résidentiels, Robert s'était arrêté et avait fait des appels de phares. Ils avaient fumé un cigare, longtemps. Enfin, Robert s'était exclamé :

« Ça y est ! Ils sont là ! »

Sortis de l'habitacle la tête lourde, ils avaient suivi un chemin à peine dessiné entre les arbres, jusqu'à l'eau où attendait un homme tout droit sorti d'un autre âge. Noir de poil, barbu, costaud et l'air maussade, vêtu d'un caban qui avait été bleu, il se tenait debout dans une longue barque ancienne équipée de deux bancs, appuyé sur un aviron entre ses jambes.

« Ah ! Mais Alphonse, c'est vous ! Comment va la vie ? »

Robert s'était précipité vers lui, mais on ne lui avait répondu que d'un signe de menton vers les bancs. Ils avaient traversé à la force des bras de l'homme silencieux.

Ce fut un moment inouï pour Henri. Il avait grandi dans cette ville, triste et noire dans son enfance petite-bourgeoise, seul avec sa mère, et n'était jamais allé au ras du fleuve comme ce soir-là. L'alcool ne l'avait pas empêché de jouir de la violente fraîcheur de l'eau sombre, dans les soubresauts de la barque qui luttait contre le courant. Il avait eu l'impression de pénétrer un monde sauvage, dissimulé, indiscernable et immémorial, et d'être à présent dans un entre-temps, dans des limbes, au milieu d'une frontière qui séparerait le réel du songe. La puissance et l'odeur profonde du fleuve lui avaient imposé un respect tendre et avaient soulevé en lui un enthousiasme d'adolescent, un désir de grand large, d'aventure.

Henri avait eu conscience de se diriger vers une île, car le Rhône dans sa pleine largeur ne les aurait pas laissés traverser, et aucune lumière ne provenait de la rive. Arrivée de l'autre côté, la barque avait dérivé le long de la berge, puis s'était engouffrée dans une petite lône aux ramures basses.

La nuit sentait l'herbe et la terre humides. Ils avaient glissé auprès de caves béantes, arcades de pierres et de briques, jusqu'à ce que le nocher pénétrât d'un coup dans l'une d'elles. Dans le noir le plus complet, le choc de la pale du rameur avait empli l'espace. L'embarcation avait cogné contre un débarcadère vermoulu où les guettait, en brandissant une torche, un homme dans un gros pull en maille qui avait tendu la main pour les aider à se hisser à terre.

« Ne parlez pas, aucun bruit ! »

Alphonse avait opéré un demi-tour et s'était enfoncé dans la nuit. Henri et Robert avaient suivi l'homme au pull noir. D'abord dans un escalier taillé dans le roc, en se tenant aux parois suintantes et acérées. Puis au grand air, en levant haut les pieds dans l'herbe, jusqu'à un chemin de terre interminable sous le couvert des arbres. Ils avaient alors débouché dans une clairière pâle de lune au bord de laquelle luisait, près de quelques bâtiments de servitude, une maison XVIIIe d'un étage avec un balcon et des fioritures de pierre sur une façade ornée de plantes grimpantes. Leur guide s'était soudain évaporé.

« Une Folie ! » avait murmuré Henri.

La demeure lui rappelait les gentilhommières, ces pavillons de plaisir que construisaient les nobles pour libertiner loin de la ville.

« Mais non, Henri, avait dit Robert, c'est très bien, tu vas voir. »

Les fenêtres noires semblaient occultées de l'intérieur. Robert avait frappé à la lourde porte avec un rythme compliqué. Une femme entre deux âges en kimono de soie grenat brodé de hérons blancs avait ouvert et souri en les dévisageant. Robert avait posé ses mains sur ses épaules et ri.

« Chhhh ! Entrez, entrez ! »

Elle avait guidé les hommes à travers un hall glacial que quelques appliques peinaient à sortir de l'ombre, avait poussé une porte épaisse en panneaux de vieux chêne, s'effaçant pour les laisser passer.

La chaleur d'un feu de bois avait d'abord caressé Henri, puis la lumière et les odeurs, les parfums et les couleurs. Son cœur avait frémi. Des effluves de nourriture savoureuse, une guitare et un violon jazzeux qui jouaient dans un coin, des lampions, des bougies et des lumignons ici et là, de grands miroirs anciens dorés, des convives élégants autour d'une table pas encore desservie qui leur souriaient en guise de bienvenue, des femmes aux bijoux brillants, des jeunes femmes peu vêtues, des hommes en bras de chemise…

Henri garderait pour toujours cette vision de la maison de l'île, comme si ses yeux s'étaient enfin dessillés sur un songe ancien.

Assise sur les genoux d'un homme à la peau noire et au regard tendre, une fille chantait doucement des airs d'autrefois pendant qu'il caressait ses longs cheveux auburn, des airs de mariniers du Rhône et de sirènes. Un autre, la cravate desserrée, des plis de joie autour des yeux, servait à boire, le pouce dans le cul d'une bouteille de champagne qu'il agita vers les nouveaux venus avec un sourire interrogateur. Au mur, des reproductions de Kokoschka, de van Dongen, une femme allongée tête en arrière sur un canapé, les cheveux courts, les yeux immenses et cernés. Un couple dansait à contretemps, les paupières fermées, d'autres s'embrassaient voluptueusement sur les sofas rouges. Leur hôtesse regardait ses convives en souriant, jouissant de l'effet de surprise que la première rencontre avec les lieux ne manquait pas de produire sur les visiteurs débarquant de la nuit.

« Bienvenue, messieurs, avait-elle dit, mettez-vous à l'aise, donnez-moi vos manteaux. Qu'est-ce qui vous ferait plaisir ? Ravie de te revoir, Robert. Les vieux amis sont chez eux, ici. »

Robert triomphait, c'était son heure de gloire. Il connaissait une ou deux filles, qui s'étaient levées joyeusement. Il avait entraîné Henri vers une alcôve à moitié dissimulée par une tenture de velours cramoisi.

« Je te l'avais dit ! Les filles sont géniales, ce sont elles qui commandent ! On ne fait que ce qui leur plaît ! Elles sont les reines de la fête : il faut être très gentleman, car, malgré les apparences, on nous juge sur nos qualités de cœur. Ici, ça n'est pas un claque ! Interdit aux professionnelles !

— Où sommes-nous ? » avait demandé Henri dans un souffle, tout à son impression de revenir dans un rêve familier, très personnel, dans un souvenir de lecture, lui qui lisait peu, ou dans un film qu'il aurait vu autrefois, au sein duquel il pourrait soudain vivre et évoluer, la réalité s'étant retirée comme le fleuve en été découvre des berges nouvelles.

Le velours rouge du grand rideau devant les murs en pierre de taille était animé d'un frisson d'anticipation et les ombres qui dansaient autour d'une applique en bronze en forme de femme nue déhanchée lui faisaient signe.

La fille aux cheveux mordorés continuait de chanter :

« Mais quand on fut près de l'île du Rhône / On a compris qu'on était arrivés / L'île du Rhône semblait nous attendre / L'île sauvage douce à l'homme oublié / [...] Regardez-la, c'est notre île cantique / C'est un poème, un bouquet de couleurs / C'est notre terre et c'est notre Amérique / L'eau de ses bords fait le tour de nos cœurs[1] ! »

---

1. Enrico Macias, « L'île du Rhône » ; paroles de Suzanne Hervé et Gabriel Marouani © Éditions musicales Tutti intersong.

Et tous de reprendre en chœur la dernière phrase, accompagnés par le violon.

« On l'appelait La Guinguette, autrefois, du temps des pirates. »

Robert parlait fort et s'attirait les regards.

« Les pirates du fleuve, tu sais bien, ces pêcheurs clandestins, ils avaient des petits restos planqués sur les îles, des commerces un peu illégaux, de contrebande, tout ça. Maintenant, c'est chez Simone ! C'était une ruine. Très classe, mais en mauvais état. Elle a tout rénové, ça lui a coûté une blinde et, du coup, c'est plus tout à fait la même chose… avait-il conclu d'un ton fabriqué de vieil habitué. Nous sommes aux Champs captants, Henri. »

4.

Chant de Pia du matin de printemps

Pia ne pleure plus, ne veut plus pleurer. La brûlure qui aveugle, la gorge en feu, la colère débondée et les mots qui déferlent, les phrases que l'on n'a pas dites au bon moment, les vraies raisons que l'on se crie à soi-même sont des larmes retenues.

L'amertume est un lac de cendres où la tristesse va se baigner, ressort ruisselante, éclabousse toute la journée. Mais Pia ne pleure plus. Le ressentiment la déborde. Ce qu'il reste après les larmes, elle n'en veut plus. La haine, Pia s'en garde absolument ; la haine, c'est l'angoisse et l'impuissance que l'on retourne contre celui à qui on les doit. Elle consume, elle salit, elle pétrifie. Pia pourrait s'y perdre, devenir une autre, une qui saurait haïr, ce n'est pas elle, ça ne se peut pas. Elle refuse aussi le désespoir, qui est l'angoisse et l'impuissance que l'on retourne contre soi-même. Celui-là, il mord, il la tenaille, il pourrait bien s'emparer d'elle. Si elle n'est pas vigilante, puisqu'elle ne veut pas haïr, elle s'y abandonnerait facilement. Il faut seulement rester dans la colère brûlante et crier dans la voiture, taper sur le volant, crier encore avec des mots, sans mots, suffoquer.

Les avenues sont presque vides, un nouveau soleil a craquelé la chape grise de ce début de printemps. Pia ne voit rien, ni les hommes qui fument adossés au mur, ni les femmes le visage tourné vers la lumière, ni les bourgeons qui éclatent, elle essaie juste de ne plus rien ressentir. Se concentrer sur sa conduite, anticiper les arrêts aux feux rouges, aux carrefours, puisque les freins mollissent de plus en plus dangereusement, mais non. Pia est incandescente ; maintenant, c'est de la douleur pure. La perte, encore une fois, un nouvel arrachement, encore perdre, encore s'efforcer de ne pas tout perdre.

5.

Chant de Pia qui a tout gagné

Passer toute sa vie de femme à gagner. Faire de la victoire un mode d'existence. À la manière de son père, ancien boxeur, entraîneur, lutter, lutter, étendre l'adversaire. Avec son mari, presque toute leur vie, vaincre et gagner. D'abord le gagner lui, Hugues Bihorel, étudiant solaire, yeux verts, menton volontaire, futur architecte rencontré dans une fête, les dents déjà enfoncées dans l'avenir, puis devenir celle qu'il voit. Celle qu'il veut. Celle qu'il épouse. Le gagner lui, garçon de vieille famille, passionné par la voile. Un vrai mariage comme dans les magazines chez le dentiste, robe et tulle blancs, église, château familial, demoiselles d'honneur. Le regard de son père engoncé dans un costume de location fermait l'ironie dans les bouches. Tellement fier de sa fille qu'il survolait l'élégante assemblée avec le coup d'œil qu'on jette sur son nouveau territoire. Comme les rois et les voleurs, son père, à l'aise partout. Sa mère boudinée en fuchsia restait en retrait de ces messieurs-dames qui n'en attendaient pas moins, qu'elle enviait un peu mais n'admirait pas. Elle avait mis dans la corbeille de sa fille la beauté, des diplômes, des stages aux États-Unis dans les affaires, de quoi tenir son rang sans frémir. C'était son triomphe à elle. La dragée haute. Pia étincelait.

Le jeune couple quittait l'appartement le dimanche matin à petite foulée, côte à côte. Pia, un bandeau dans les cheveux, courait par discipline, pas pour le plaisir. Toutes ses amies couraient. Elle s'appliquait volontiers. C'est ainsi qu'on devient bonne élève, bonne épouse. Les choses qu'il faut faire. Garder la ligne. Les choses qu'il faut acheter. Ils déambulaient dans les magasins le samedi, chinaient chez les brocanteurs, puis chez les antiquaires. Hugues lui apprenait à voir, à comprendre la valeur des objets. Ils achetaient des toiles pareilles à celles que l'on admire dans les cabinets des chirurgiens. Pia négociait une augmentation tous les ans, changeait d'entreprise pour un nouveau projet tous les deux ou trois ans, s'amusait à vaincre, le business comme une arène, une piste de danse. S'amusait à aimer, entre autres, le velum pour plafonds tendus, les piscines à débordement, le sperme de cheval et les colles industrielles. Elle laissait son mari choisir le cinéma, le théâtre, les restaurants ou les spectacles sportifs, auxquels elle assistait avec plaisir. La boxe, mais surtout la voile, puis seulement la voile. Sa passion allait plutôt aux importations, au marché, à la concurrence. Pia n'a pas du tout le pied marin.

Elle a appris à cuisiner, pour recevoir. L'appartement devait faire envie ; ils l'avaient acheté avec l'aide des parents d'Hugues dans un quartier cossu. L'avaient meublé, décoré lentement, de trouvaille en trouvaille. Le talent de la maîtresse de maison aussi devait faire envie ; Pia s'était découvert la main heureuse aux fourneaux : plats exotiques, poissons pêchés la veille, légumes de producteurs bio de la région, pas les ragoûts de l'enfance. Ils donnaient des dîners fins et très joyeux, aux collègues, aux amis, aux relations du mari, à celles de Pia. De moins en moins d'architectes, de plus en plus de voileux. Sponsors potentiels, constructeurs de bateaux, skippers, équipiers, marins. Beaucoup d'hommes. Il gagnait des régates, des courses-croisières, s'était bien placé à la Solitaire du Figaro, à la Mini Transat, il voulait gagner les grandes courses au large. Les prestigieuses. Les coupes en laiton juraient dans le salon avec les meubles design et les antiquités. On venait les photographier chez eux pour des magazines.

Sa belle-famille la respectait pour ça, la réussite, l'argent. Parce que la caque, hélas, sentirait forcément un jour le hareng, on la tolérait par prudence, avec une gentillesse trop appuyée pour être sincère. Pia a d'abord changé son nom : de Marie-Pia (comme *piano*), elle se fait appeler Pia (comme *pillage*). N'a pas changé son nom de famille, celui de son père, par amour elle le garde, c'est un très joli nom, elle ne comprend pas pourquoi on en change, si c'était bien, les hommes le feraient. Son père s'appelait Francis Bleu. Pour Marie-Pia petite fille, les marques de coups sur son visage s'étalaient en bleu, son nez cassé devenait bleu, son rire sonnait bleu quand il faisait mine de se battre avec elle, quand elle lui racontait des histoires au petit déjeuner. Le faire rire, quelle puissance cela lui donnait ! La maison derrière la mercerie, étroite, sombre, épaisse d'odeurs de cuisine, luisait pour elle de tous ses feux bleus. Une couleur comme un trésor, une marque de famille, un endroit privé très profond et très calme où respirer ensemble avec le sourire. Cet endroit lumineux et chaud où elle espérait vivre avec son amour jusqu'à la fin de ses jours, ce sourire qui rend forte, la joie qui fuse, les amis qui viennent grâce à cette joie.

Elle imitait le style de ses belles-sœurs pour se fondre, vêtements de marque, pas d'originalité, belles matières, couleurs neutres. Mais un détail la trahissait toujours, la coupe d'une jupe, la hauteur des talons, une sensualité appuyée, un bijou tarabiscoté.

Tout le week-end, elle attendait à l'hôtel son homme parti braver l'océan. Elle travaillait sur son portable dans le lobby, a pris goût au scotch des marins. Des week-ends seule, parfois des semaines entières. Pia ne connaissait pas la solitude, elle découvrit celle qui ressemble à l'abandon. Le mal de mer était sa malédiction. Elle furetait dans les recoins de beaucoup de ports, achetait des petits trésors souvent. Au début, le tourisme obligatoire l'amusait. À l'étranger surtout, ou aux Antilles, elle écartelait les limites de son monde et racontait ensuite ses trouvailles à Hugues. Ils s'émerveillaient de leur vie, elle enchantait les autres marins lors des grandes tablées de victoire. Elle lui trouvait les plus beaux palaces pour qu'il se remette de ses semaines en mer dans le froid, l'humidité et l'inconfort. Hugues gagnait d'abord pour elle, il a gagné ensuite pour l'équipe, pour le club, puis pour les sponsors. Elle attendait son arrivée sur le quai derrière la foule.

Elle s'était mise à regarder la mer longtemps sur les môles, par les vitres des hôtels. À trembler si le vent forcissait. D'abord de peur, affolée quand il rentrait au port le mât déchiré, abattu sur le navire, terrifiée quand il tardait, puis au fur et à mesure des saisons à trembler de vide, comme une feuille, une petite boîte de métal qui roule de-ci, de-là, sous les bourrasques. À force de se taire. À force de baisser la tête et de faire le brave petit cheval. À force de lever la tête de fierté pour plus de coupes en laiton, plus de sous, plus de choses. Alors il avait voulu un enfant.

6.

Chant de Pia qui ne gagne plus

Elle allait toute seule chez ses parents, deux ou trois fois l'an, quand Hugues était en mer. Il avait honte de son beau-père, que la vieillesse rendait sentimental et l'alcool velléitaire. Horreur de leurs chats pisseurs, du désordre surchauffé, de la télé allumée pendant les conversations, de la vieille moquette marron, des copains de la salle de boxe qui venaient boire de la bière et vannaient. De sa belle-mère clinquante perchée sur l'accoudoir du canapé à grignoter des sucreries. La honte était sur Pia, doublement. Honte d'avoir honte d'eux, là d'où elle venait. Ma fille a fait un beau mariage. Tristesse dans les yeux de sa mère. Perplexité dans ceux de son père. Garder sa tendresse et ses distances, un grand écart qui déchire.

« Et l'enfant ? » questionnaient-ils souvent.

Les années passaient. Hugues réclamait l'enfant, elle non. Pas le temps, attendre encore, pas le moment, elle aimait monter en puissance dans l'entreprise, elle aimait en découdre, et l'argent. Il insistait beaucoup. Dans les soirées, on ne parlait plus que des bruyantes progénitures, insupportables mais surdouées, on vantait leurs frasques. Il insistait encore, elle a cédé. Ils ont essayé. Pendant des mois, d'abord au hasard, puis au calendrier. C'était sa faute à lui, sa faute à elle, ils s'en sont remis à la médecine, qui a tenté plusieurs fois d'accéder à leur désir.

Son corps restait plat. Les années passaient toujours plus vite, c'était presque trop tard. Elle courait, mangeait léger, et il restait plat. Elle se vivait en sursis, attendant que sa vie s'arrête. Ses copines lui disaient que non, la vie commence par les enfants, rien ne s'arrête, les femmes sont sur tous les fronts, elles peuvent tout faire, savent tout faire, doivent tout faire. Pia écoutait, mais elle n'entendait rien. Acquiesçait, mais ne se sentait pas concernée. Hugues partait de plus en plus loin et longtemps, les sponsors affluaient pour le bateau, sa merveille. Il avait habilement négocié son départ du cabinet d'architecture, puis investi toutes ses indemnités dans le chantier du voilier. Pour le quotidien, son salaire à elle suffisait largement.

7.

Chant de la perte

Ce n'était pas un enfant, juste un caillot de sang plus petit que la phalange de l'auriculaire, disparu en un instant dans la cuvette après six semaines d'espoir. Après des années d'espoir. La première fois que Pia s'est sentie habitée, tout de suite et violemment prise, osant à peine respirer, à l'écoute. Tous les jours, incrédule, les sens en éveil, les seins gonflés. Marchant avec des pantoufles de vair, douce fourrure pour les princesses au petit pied, un trésor fiché au fond d'elle, un clou. Le pantalon s'est couvert de sang, elle a compris, filé aux toilettes et pleuré.

Perdu l'enfant. Pas un enfant. Un caillot.

Ils ont pleuré ensemble quand Hugues est rentré le soir, blottis dans le canapé en velours grenat. Elle croyait qu'il pleurait pour eux, pour elle, pour le tout-petit, morceau de chair envolé. Il a continué de pleurer et il a dit qu'il ne pouvait plus. Qu'il ne voulait plus. Elle a cru qu'il renonçait à forcer la chance.

Il avait honte, il demandait pardon, il lui laisserait tout, l'appartement, les meubles, tout, elle pourrait tout garder. Il demandait pardon. Il habiterait dans son bateau. Il partirait au bout du monde et elle l'oublierait. Il voulait une vie sans attaches, puisqu'il n'y aurait pas d'enfant. La vie qu'il n'avait pas eue, jeune homme brillant, études, mariage, travail, et puis la course en mer qui a pris tout son souffle. Il voulait partir à la dérive, au gré des courants, de port en port.

La semaine prochaine.

Elle a regardé le rideau beige, un voile de lin, qui frémissait dans la brise du soir. Les murs, les meubles, les objets, les tableaux ressortaient comme un réverbère sur fond d'orage. Le grand tapis unifiait la pièce dans un rouge vibrant.

« Quoi ? »

Elle n'entendait plus rien. Ce ne sont pas des mots qui existent, ça. On n'a jamais entendu une chose pareille. Elle ne comprenait pas, il y avait erreur. Vie. Ma vie. Je n'ai pas eu de vie. Qu'est-ce que ça veut dire ? De qui parlait-il ? Qui parlait ? Et que doit-on faire, alors ? On doit protester ? On doit crier, comme les mégères, argumenter, prononcer des phrases stupides ?

Elle a bu le whisky qu'il lui a apporté. En a demandé encore deux fois. Elle fut engloutie de chansons brusquement, « Je suis venu te dire que je m'en vais », « Puisque tu pars », « Comment te dire adieu », « J'veux pas qu'tu t'en ailles », elle n'avait plus de mots, ne restaient que ceux des autres. Elle ne savait pas qu'il faudrait poser des questions. « Faut dire / Qu'on ne nous apprend pas / Mais parlons d'autre chose... » Les larmes auraient été un beau refuge, elle aurait aimé y retourner mais n'a pas trouvé le chemin. Il aurait fallu pouvoir pleurer, il aurait fallu quand même qu'il puisse voir le mal qu'il faisait. Se battre, bien sûr, c'est ce qu'on dit aux malades, tu vas te battre, bien sûr. Contre lui ? Contre sa propre chair ? Ses mains se sont glacées.

Il l'a soulevée et l'a portée vers la chambre, elle a sombré, peut-être dans le whisky, peut-être dans le rouge du tapis.

8.

Chant de Pia qui perd encore

Il est venu chercher ses affaires, a rempli trois valises de vêtements et de coupes et quelques cartons de papiers. Ils ne s'étaient jamais vraiment disputés en quinze ans de mariage, ils optaient pour le silence. N'ont pas haussé le ton. Pia a quand même demandé des explications. Il a répété avec sa petite voix désolée qu'elle n'y était pour rien, qu'elle était parfaite, qu'il n'avait rien à lui reprocher. Les bras ballants, regarder l'homme s'en aller, le regard fuyant. L'homme qui n'était presque pas là.

Pia s'est repliée sur ses vieilles habitudes, a rassemblé ses forces et s'est jetée dans l'action. Si le cœur lui manquait et qu'elle voulait seulement éprouver sa peine, la mesurer, la consoler, elle s'ébrouait. « Secoue-toi ! » lui intimait son père. Pia, avachie dans le fauteuil, bondissait sur ses pieds. « Cogne, cogne ! » Ne pas mollir, ne pas se laisser aller. Comme au jogging. « Si tu t'arrêtes, tu ne repartiras plus, lui disaient ses copines, cours plutôt très lentement, mais ne cesse pas de courir. » Pia a retrouvé un fond de dureté qui avait grandi en elle pendant ses études. Travailler avec l'énergie de l'entraînement, manger, travailler encore. Ne faire qu'une seule chose, avancer vers le but, avancer. Autrefois, l'examen, maintenant, rien, juste un pas après l'autre, faire des affaires avec des hommes d'affaires, mécaniquement. Occuper les heures sans lui, autrefois, c'était presque facile, regarder des films pour les lui raconter à son retour, expérimenter des recettes, dîner avec des filles, papoter avec sa mère au téléphone. L'attendre. Prendre des nouvelles, suivre la route du bateau, l'avancée de la course, la météo. Tenir les comptes du foyer, il ne touchait presque plus de chômage.

L'intendance, c'était elle. L'aventure, la beauté de l'océan, le dépassement de soi, la fusion avec les éléments, la liberté intégrale, le courage face aux tempêtes, l'amitié virile et les fêtes avec les marins, c'était lui. Le trivial, c'était elle. Son salaire permettait à l'homme de vivre sa vie exceptionnelle d'homme exceptionnel, quand l'argent des sponsors servait à la construction et à l'équipement du bateau. Comment allait-il vivre maintenant ?

Son acharnement au travail ne portait pas beaucoup de fruits. C'était un acharnement aveugle, tout en force. Pour réussir davantage, il aurait fallu qu'elle déploie la créativité, l'ouverture, l'imagination, l'audace, l'espoir dont elle regorgeait autrefois. L'amour de la lutte pour la lutte, celle de son père, lui avait déjà valu des déboires dans sa vie professionnelle. Sa réputation n'était pas très bonne, elle commençait à s'en rendre compte. Le mauvais caractère du boxeur dont la gloire ne s'était pas construite sur la douceur et l'aménité surgissait facilement en elle. Pia s'est accrochée, s'est épuisée, a récolté des sarcasmes. Tout se sait.

Pour garder un cercle d'amis, elle a donné de fastueux dîners qui ne trompaient personne. Les voileux déclinaient, gênés. Les couples surtout ne venaient plus, trouvaient des excuses au dernier moment. Elle a mis au réfrigérateur des plats pour six personnes. Pour quatre. Pour trois. Trop belle encore, elle risquait de troubler les maris, ce qui effrayait les épouses, même les bonnes copines. Acheter les douceurs chez le meilleur chocolatier de la ville, les poissons du marché en direct de la criée, ouvrir le bourgogne afin qu'il respire, passer des heures aux fourneaux, dresser une jolie table, des bouquets de fleurs sur les meubles, mettre du champagne au frais, de vieux armagnacs dans le coffre à liqueur, la porcelaine, le cristal, l'argenterie sur la table, attendre. Un peu de musique, les bonnes odeurs qui flottent, les entrées sur la desserte. Attendre. Appeler les invités vers neuf heures. Oublié ? Un empêchement ? Malade ? Pas grave, une prochaine fois, d'accord. « D'accord, d'accord, se disait-elle dans la cuisine en rangeant les plats inentamés, d'accord, c'est la dernière fois, on ne se verra plus, *mais parlons d'autre chose.* »

Elle avait quelques bonnes amies mais pas d'amie de cœur. Pia était un peu brusque avec les femmes car elle se méfiait d'elles. Adolescente, puis jeune adulte, elle avait eu deux ou trois histoires plus ou moins longues avec des filles de son âge, longtemps après les explorations de l'enfance. Leur souvenir restait encore mitigé mais surtout cuisant. Les filles, c'était dangereux et magique. Incompréhensible. Bouleversant. Du fouet dans ses reins. Une emprise sur tout son corps. Une jouissance immédiate, radicale, une familiarité immense, mais la sensation qu'une autre en elle prenait le contrôle. Une qu'elle n'aimait pas, qui se conduisait mal, qui dominait bêtement, une caricature. Elle s'en voulait d'avoir cédé à ce penchant qu'elle réprouvait, mais aussi d'avoir renoncé à une joie profonde et à l'évidence de ce plaisir violent. Elle avait redouté de se découvrir anormale, que ce désir fasse d'elle une paria, la mette au ban de la société, l'oblige à côtoyer une seule communauté et à s'y identifier. Peur de déplaire à son père, surtout, pour qui « les gouines et les pédés » formaient un bloc sauvage, une sous-humanité inconnue, mais indigne de vivre. Terrifiée par ce qui pourrait être profondément, terriblement elle, qui lui échappait absolument, elle s'était jetée dans le mariage. Dans la solitude.

Pas le droit aux larmes. Pas le droit à la haine. S'emmurer, stoïque, s'emmurer dans la rage, laisser passer la douleur. Balancer les chaussures à talons loin de l'autre côté de la pièce, manger deux parts de dessert, souffler les bougies, siffler l'armagnac, s'écrouler sur le lit, le poing dans la bouche, ne pas pleurer. Elle aurait voulu savoir boxer, regrettait tellement de n'avoir pas appris avec son père.

Et puis Hugues a demandé le divorce. Malgré sa promesse, il a réclamé l'appartement, payé en partie avec l'argent de ses parents. Humiliée, Pia a choisi un avocat très cher mais fort en gueule, qui lui promettait de la sauver. Un sauvetage contre une bataille d'épicier qui ressemblait à une vengeance mesquine. Alors, exhiber des factures – elle avait presque tout acheté –, établir des comptes d'apothicaire jusqu'à évaluer l'usure des tapis, chiffrer l'air que l'on respire et lui faire porter les torts : abandon du foyer, manque à gagner quand il mourra, piétiner tout ce qui était entendu, commun, offert, délicat. Déchirer la vie merveilleuse en chiffres accusateurs : ce que ça m'a coûté d'être avec toi. Ce que ça me coûte de te perdre.

L'affaire était mauvaise. Le marin n'avait plus de revenus. Il demandait une prestation compensatoire équivalente à sa part à elle de l'appartement, et plus encore. Le juge a eu pitié de l'homme qui dormait dans son bateau, ses économies considérables et l'argent des sponsors n'entraient pas dans le partage. Pia a perdu, condamnée à tout payer, les frais de justice, la prestation compensatoire en une seule fois, l'appartement dans les beaux quartiers. Elle a fait appel. Perdu encore, trop gros salaire. L'avocat voulait aller en cassation.

Sa belle-sœur a téléphoné pour récupérer l'argenterie.

« Vous comprenez, c'est un bien familial, elle est ancienne, monogrammée à nos armes, elle vient de notre ascendance bretonne, ma mère y tient beaucoup.

— Mais, Anne-Charlotte, c'était un cadeau de mariage.

— Justement, puisque ce mariage n'existe plus, il n'y a plus de famille. Et puis elle appartient autant à Hugues qu'à vous.

— Hugues me l'a laissée.

— Faites un effort, elle ne vous manquera pas, voyons, Marie-Pia, soyez raisonnable, cela compte beaucoup pour notre mère.

— Raisonnable ? Je n'ai pas voulu ni demandé ce divorce. Dites à Mother que ça ne va pas être possible. Elle compte beaucoup, oui, c'est vrai, elle compte, elle donne un cadeau qui ne lui a rien coûté et qu'elle récupère, il n'y a pas de petites économies, n'est-ce pas ?

— Vous êtes lamentable !

— Oui, c'est ça, admettons. Le venin était dans la queue, Anne-Charlotte. »

Elle a vendu l'argenterie monogrammée à un antiquaire.

Pia a déshabillé l'appartement. Ce qui avait fait leur vie, les objets rapportés de partout, son visage à lui sur chacun, leur histoire en puzzle, leurs voyages, son souvenir, son odeur. Vendu pour l'argent, mais surtout pour se vider de lui. N'être plus gravide de cet homme qui la pillait avec la bénédiction de son clan. Bronzes, céramiques, peintures, la décoration chic amassée pendant quinze ans. D'abord proposés aux antiquaires, puis aux brocanteurs, puis en ligne sur les sites d'enchères, puis sur les sites de petites annonces. Elle répondait aux demandes, ouvrait la porte, prenait l'argent, regardait partir les petits morceaux du passé. Si elle ressentait plus de soulagement que de tristesse, c'était une bataille gagnée. L'argent est allé aux dépens, à l'avocat, au dentiste qui lui fabriquait un sourire de louve, et puis c'est tout. Le compte n'y était pas. Il a fallu vendre les meubles. Bibliothèque, commode ancienne, bonheur-du-jour en bois de rose, coffre chinois, lampadaire design, console Starck ont passé la porte de l'appartement dans l'autre sens. Elle a gardé le grand canapé grenat, des chaises, un tapis.

Elle a ainsi caché aux visiteurs ce qui avait fait leur monde. Ils scrutaient les murs nus, ils comptaient les mètres linéaires dans les pièces vides, l'appartement fut vendu en trois jours. Il fallait qu'elle parte, comme si elle avait usurpé les lieux, le titre d'épouse, dérobé le décor et laissé vide une coquille de quinze ans d'où rien n'avait éclos.

9.

Chant du matin de printemps

Pia vient d'apprendre son licenciement pour faute. Elle s'est retenue de claquer la porte en sortant, de rage contre la morgue de trois quadragénaires barbus, la langue tordue d'affectation, le costume étriqué pétrole, cravate minuscule, chaussures italiennes pointues, mandatés par l'entreprise, hautains, indifférents, efficaces, parfumés, désolés pour elle avec leurs yeux glacés et leurs sourires commerciaux. Désolés. Offrant de l'aider à retrouver un poste, rapidement, certainement, ce dont ils ne doutaient pas, mais aujourd'hui c'était à prendre ou à laisser. Dehors. Pas d'indemnités.

Cette fois, les larmes piquent ses yeux. Elle file vers l'avocat, elle est en retard, les barbus l'ont fait attendre longtemps dans l'antichambre pour qu'elle mollisse, qu'elle s'inquiète, qu'elle ne lutte pas. Elle va tout de suite contester les termes du licenciement, elle va finalement accepter d'aller en cassation pour la prestation compensatoire, elle ne peut pas être écrabouillée, elle ne peut pas. Sa colère enfle. Elle tourne sur les chapeaux de roues, elle fait gronder le moteur de son SUV, consciente de la bêtise du geste, qui la défoule quand même, malgré le regard désapprobateur des conducteurs en contrebas. Consciente aussi du danger, elle doit tirer le frein à main de plus en plus fort pour arrêter la course du véhicule. Le garagiste a brandi un devis qui lui a fait hausser les sourcils.

L'avocat envoie des textos, il s'impatiente. Il part en vacances dans la soirée, le dossier pour la Cour de cassation est prêt, elle doit signer maintenant. Un report compromettrait toutes leurs chances. Il s'en va aux Maldives. Pia sent l'amertume l'étouffer. Pas de congés pour elle. Depuis des mois, elle a banni les larmes, elle est aveuglée et honteuse de céder, tout n'est pas encore perdu, cogne, allez, cogne ! Mais rien n'y fait.

Elle ne voit pas, ne peut pas voir le vieil homme au bord du trottoir, devant le passage piéton. Il est en train de descendre sur la chaussée, sa canne en avant. Quand elle essuie ses yeux, elle crie tout de suite, la voiture pile dans un crissement, les freins serrent, les roues glissent. Le SUV s'avance dans une lenteur de cauchemar. La canne rebondit sur le capot, l'homme a disparu.

Il n'y a personne dans la rue quand elle se précipite sur lui. Il a boulé dans le caniveau. Il gémit.

Elle demande pardon, dit qu'elle va chercher du secours, ne sait pas si elle doit le laisser seul, l'horreur la pétrifie, il y a du sang dans sa bouche ; c'est la toute fin des choses. L'homme a le cheveu blanc rare, un costume gris de bonne facture, de belles chaussures, une montre ancienne élégante. Il se soulève sur un coude en poussant des gémissements de plus en plus longs, se redresse péniblement.

« Je vais vous aider, attendez, je vais vous aider ! »

Elle lui donne le bras, il se hisse, ses jambes flageolent mais il tient debout dignement, sonné, la tête ballante, un filet de sang coule sur sa tempe. Il a écrasé ses lunettes qui gisent sur la chaussée. L'arcade sourcilière est fendue, le sang dévale maintenant sur tout son visage. Elle lui tend un mouchoir, puis un autre, et tout le paquet. Il s'essuie, s'éponge, lui rend au fur et à mesure les mouchoirs ensanglantés.

« J'ai dû me briser une dent, bafouille-t-il.

— Je vous emmène à l'hôpital, montez, montez », dit Pia.

Avec d'infinies précautions, elle le conduit vers le siège passager tout en s'inquiétant – est-il raisonnable de bouger un blessé, les secours vont-ils lui en faire le reproche ? Elle ramasse la canne au pommeau d'argent enfoncé et la jette à l'arrière.

Pia démarre doucement avec les feux de détresse.

« Comment ça va ? »

Il répond, la voix absente :

« Je vous remercie, je ne vous avais pas vue, c'est ma faute.

— Non, proteste Pia, non, c'est moi, j'allais trop vite, je vous demande pardon, je crois que ça va aller, vous n'avez que l'arcade sourcilière ouverte.

— Ah, c'est ça. »

Un masque rose grotesque s'étale sur ses joues fanées.

« Je vous emmène à l'hôpital, répète-t-elle, c'est juste à côté. Est-ce que vous souffrez ? Vous avez mal ?

— Non, dit-il en haletant un peu, très calmement, je ne crois pas, je vous remercie. Vous avez heurté ma canne et je suis tombé.

— Je croyais avoir entendu un choc sur la voiture.

— Non, je ne crois pas, murmure-t-il d'une voix blanche. Je ne suis pas complètement sûr, mais je n'en ai pas l'impression. »

Pia conduit avec délicatesse, s'arrête tout doucement aux feux, aux stops. Le vieil homme s'enfonce de plus en plus dans le siège.

« Ne vous endormez pas ! crie Pia. Restez avec moi ! »

Il ouvre les yeux, les referme.

« Monsieur ! Monsieur ! Surtout, ne dormez pas ! Il ne faut pas dormir ! On arrive ! Regardez, c'est là ! Je me gare devant les urgences ! On vient vous chercher ! Ne dormez pas ! »

Elle jaillit de la voiture et court vers l'entrée des urgences. Personne. Elle crie. Elle frappe aux portes. Une dame assise à côté d'une petite fille au visage blême la regarde avec étonnement.

Tout au fond du couloir, un infirmier en blouse blanche arrive tranquillement, ses godillots en plastique jaune font un bruit de succion sur le lino.

« On se calme, la petite dame, pas de panique », assène-t-il.

Quand ils parviennent à la voiture, l'homme a perdu connaissance.

« Je viens de trouver ce monsieur par terre au milieu de la rue. Il perdait beaucoup de sang. Il m'a dit qu'il était tombé. »

10.

Chants funèbres

« Vous êtes sa femme ? »

Pia secoue la tête.

« Son amie ? »

Elle fait un signe qui peut être interprété comme bon semble à l'autre.

« Nous devons prévenir la famille », dit l'infirmière avec un regard en coin.

Elle n'a pas eu la version de l'urgentiste selon laquelle Pia aurait trouvé l'homme par terre. Elle prend Pia pour une trop jeune et trop élégante maîtresse. Pia réfléchit très vite. L'infirmière ne sait pas qu'elle l'a renversé. Ne sait pas qui elle est.

« Je reste en attendant. »

Elle s'est tenue debout derrière la porte des urgences pendant des heures avant qu'on le transporte dans une salle de soins intensifs à côté du bureau des infirmières. Ses genoux commencent à faiblir.

Pia s'installe dans le fauteuil en skaï gris près du lit où l'homme gît inconscient, perfusé, enrubanné de bandages, relié à plusieurs machines. Un malaise s'empare d'elle, sa tête se vide, ses oreilles bourdonnent et la nausée la saisit. Si cet homme meurt, sa vie s'enfoncera pour toujours. Il ne faut pas qu'il meure, il ne faut pas qu'il change de version, elle ne peut pas s'enfuir et tourner le dos à ce beau vieillard, le laisser crever comme un chien à cause d'elle. Il ne faut pas que la famille débarque. Elle doit absolument passer pour le sauveur. Il va se réveiller et la remercier, peut-être.

Sauver quelqu'un, ça crée de la reconnaissance, des liens, et elle a terriblement besoin de liens. Presque plus personne dans sa vie, maintenant.

Sur la table de nuit, le portefeuille du vieil homme, ses clefs et ses papiers n'ont pas encore été rangés dans le coffre. Malgré la nausée, elle se lève et fouille. Pas de photo de femme ni d'enfant. S'il est veuf, comme il ne porte pas d'alliance, juste une chevalière usée au majeur droit, il n'est pas nostalgique. Deux cent cinquante euros plus la ferraille. Des cartes de crédit de prestige. Des cartes de visite aux lettres dorées à l'or fin.

Henri Desormeaux. « Soixante-neuf ans, c'est jeune, pense-t-elle, il fait bien plus. » La photo est tellement ancienne qu'on dirait quelqu'un d'autre. Un bel homme au regard intérieur, un grand front, l'air décidé et calme, un œil clair et un œil foncé, une bouche amusée et douce. Il lui aurait plu, à cet âge-là. Elle se penche vers lui.

« Ne meurs pas, Henri. Meurs pas. S'il te plaît. »

Elle lui caresse la main. Il sourit.

« Henri ? »

Comme les bébés, il sourit en rêvant. Des taches brunes constellent le dos de ses mains, des sourcils blancs très fournis tombent sur ses paupières, ses lèvres sensuelles sont tirées par les soucis, la douleur, l'angoisse, peut-être, ou bien un fond de dureté. Un long nez au bout rond adoucit ses traits. Une mèche blanche plaquée sur le front jette sur son visage endormi le désordre et la maladie. Pia garde sa main au chaud dans les siennes.

Ce n'est pas seulement une patte de vieux, froide et durcie, les tendons fatigués, la peau fripée et translucide sous les taches brunes. C'est soudain une ligne de vie, un frémissement ami, la complicité immédiate du premier baiser avec celui qu'on attendait. Elle songe au regard de son père quand il était fier d'elle, à chacun de ses succès ; cette chaleur-là, subite, profonde, vous tient droite au milieu du monde. Elle croit rêver, repose la main d'Henri sur le drap. La reprend, et tout recommence instantanément. L'impression de l'avoir toujours connu.

Pia n'entend pas l'aide-soignante s'arrêter devant elle.

« Vous êtes très pâle, Madame, vous devriez aller manger quelque chose. Il va dormir. Vous êtes sûre que ça va aller ? »

Pia s'aperçoit que sa nausée s'explique aussi par la faim, et la peur, le choc, l'angoisse du matin. Elle n'a rien mangé avant l'entretien. Rien depuis la veille au soir.

Le rendez-vous avec l'avocat est raté. Cela va sans doute lui coûter très cher. L'argent qui aurait pu lui permettre de tenir encore longtemps, la moitié de l'appartement. Quelque chose a basculé dans l'irrémédiable et se renverse. La tête vide, elle serre les mains d'Henri dans les siennes, et toute envie de se battre la déserte. La force qui provient de cet homme endormi la soulève. La rage et la colère ont disparu, laissant la place à une douceur inattendue. Un désir irrépressible d'abandonner derrière soi l'acharnement à faire valoir ses droits. Une envie folle de se jeter dans l'inconnu, portée par l'énergie insufflée ici, au chevet d'un homme dans le coma. Elle sort en titubant pour reprendre ses esprits.

Dans le couloir à l'odeur de désinfectant, le vibreur de son portable insiste. Elle sait que l'avocat se plaint de son absence et la met en garde. Pia déambule avec des chaussures hors de prix dans d'interminables labyrinthes où tout ce qui tient de la vie du dehors semble déplacé. Être une personne entière avec une vie entière détonne. Ses hauts talons tranchent dans cet univers de galoches. Son tailleur gris et le caraco de soie bordeaux choisis pour impressionner ses interlocuteurs du matin conviennent à un entretien dans une grosse entreprise, et peut-être, par hasard, aux amis d'Henri, mais assez peu à ces espaces ternes parcourus de femmes en uniformes de coton qu'on peut faire bouillir en machine. Un monde de doubles portes battantes, de malades perfusés traînant leurs chaussons. Elle redoute les malades et les maladies. Elle a l'impression qu'ils n'ont pas lutté, qu'ils se sont laissé prendre, happer. Pia n'est jamais malade. Tout ce qui la renvoie à la mort de son père, qui a agonisé dans ces non-pièces, l'épouvante.

En face de l'hôpital, une petite supérette vend des bouquets de fleurs dans de grands seaux sur le trottoir. À l'intérieur, elle trouve des oranges, un sandwich nordique et du lait bio « digestion facile ». Elle achète également un vase et un saladier bleu roi translucide, parce qu'il n'y a jamais rien de commode ni de joli dans les hôpitaux pour mettre les fleurs et les fruits. L'orange et le bleu se marient bien, rappellent Matisse. Elle a appris en regardant les filles de sa belle-famille. Ça en impose. Il suffit de ne pas penser conventionnel et d'être sûre de soi. Un fond de classique et un léger décalage, ça a fait ses preuves dans son métier aussi. Pas trop d'audace, sinon on perd le client. Oser, mais doser. C'est un réflexe, maintenant.

Henri roule dans la rivière de sa nuit, au fond d'un souvenir qu'il revit avec la joie de savoir qu'on peut, finalement, vivre ses souvenirs une deuxième fois, pour de vrai les revivre, être de nouveau sur le même fleuve, dans la nuit chaude et bonne et qui roule tendrement.

« L'eau noire m'emporte, la nuit est drue, les berges ont disparu ! Je descends un fleuve énorme, mais je n'ai pas froid et je n'ai pas peur ! Le ciel est clair, mais si profond !

« Combien je voudrais rester sur cette barque et ne jamais en descendre ! Que la vie soit la grande houle unique du courant où tout se fond et se mélange !

« Le ciel est immense et vide, mais la vie est partout ! Le vent souffle comme une femme contre mon visage quand son plaisir monte et qu'elle s'abandonne, vent du fleuve minéral, vent des étoiles, vent des feuilles mourantes et des graines transportées !

« Combien je voudrais rester sur cette barque et ne jamais en descendre ! Que la vie soit la grande houle unique du courant où tout se fond et se mélange, les couleurs, les bonnes et les mauvaises choses que l'on a subies et que l'on a fait subir, les souvenirs et jusqu'à l'impression d'être soi-même qui semble ne pas vouloir cesser, qui fluctue entre ses bords.

« L'eau noire m'emporte, la nuit est drue, les berges ont disparu ! Je descends un fleuve énorme, mais je n'ai pas froid et je n'ai pas peur ! Le ciel est clair, mais si profond !

« La femme avec le tailleur gris est partie. Les infirmières aussi. Me voilà tout seul dans cette pièce sans fenêtres. Je ne sens plus rien. La grande houle a disparu, je flotte. Il n'y a plus de temps, de couleur ni de mouvement.

« Où est passé tout le monde ? Où est Mélanie ? Pourquoi ne vient-elle pas ? »

Alors que Pia est en train d'arranger le bouquet, dans lequel elle a fait ajouter sept roses rouges, car, finalement, le rouge et l'orange, dont on dit qu'ils jurent, donnent au contraire une tension vive parfaitement tempérée par le bleu profond du vase en verre, l'infirmière entre. C'est une femme d'une trentaine d'années, les cheveux blond foncé très épais serrés en queue-de-cheval, le visage encadré par deux bandeaux dorés, les yeux noirs en amande comme un souvenir de l'Asie.

« Et puis quoi encore ? pense Pia. Avec de tels yeux, elle ne devrait pas être blonde. Ça fait trop pour une seule femme. Mais quelle allure ! »

« On a appelé son fils, prévient l'infirmière, son nom était noté comme personne de référence à contacter en cas d'urgence. Mais il ne veut pas venir. Je l'ai informé de votre présence, je n'ai pas pris votre nom, mais cela lui convient, vous pouvez rester.

— Oui, je reste auprès d'Henri, invente Pia avec une douceur calculée. Il va s'en sortir ? »

L'infirmière fait la moue.

« On ne sait jamais. Je ne veux pas vous mentir. Il a reçu un choc à la tête, il est âgé, son cœur est très endommagé. Les heures qui viennent seront déterminantes. N'hésitez pas à lui parler, surtout, ça peut lui faire du bien. Bon courage. »

Pia s'assied, le cœur battant à tout rompre. Le ciel s'est entr'ouvert : pas de famille. Elle aura Henri pour elle seule à son réveil. Le fils ne veut pas venir, il y a probablement conflit, donc de la place pour elle. C'est encourageant. Elle mange son sandwich triangulaire, une serviette sur les genoux. En face d'elle, l'inconnu s'agite dans son lit. Elle regagne espoir à chacun de ses mouvements. Pia s'est lavé les mains dans le cabinet de toilette, a repris sa faction dans le fauteuil, une envie de café et de sieste s'insinue dans l'odeur de désinfectant. Elle prépare ce qu'elle va lui dire. « Monsieur. Je vous ai trouvé, Monsieur. » Ou bien, devant l'infirmière : « Henri ! C'est moi, Henri, c'est Pia. Il a perdu la tête. Il ne me reconnaît pas. »

La fatigue commence à la terrasser. Sa tête tombe plusieurs fois sur sa poitrine.

Je l'ai ramassé par terre. Trouvé par terre. Je l'ai trouvé par terre, maman, il est à moi. Pas volé, pas pris. C'est sale, lave-toi les mains, on ne ramasse pas les choses par terre. Donne. Non. Donne ! Non ! Tu ne me le prendras pas pour le laver et le jeter après. Je le garde, tout amoché, tout vilain.

Regarde, il est beau, maintenant. Il est très beau. Je l'aurais aimé, moi, autrefois. Celui de la photo, j'aurais aimé cet Henri-là, avec ses lèvres belles.

Plusieurs fois, elle émerge brièvement du songe. Puis elle s'endort.

11.

Chant de l'amour des trois oranges

Les trois oranges ondulent au fond du saladier bleu, l'une sur l'autre et la troisième toujours se touchant. Rondes et pleines et fraîches et lumineuses, elles tournent ensemble et jaillissent du verre épais sous le néon, sur la table de nuit d'Henri Desormeaux.

« C'était nous, murmure Henri, le cœur baladé par l'ondoiement des couleurs. Ces trois oranges, c'était nous, on caracolait dans la lumière, on se frôlait à chaque instant. »

Le cardiologue avait dit « quelques mois », pauvre cœur tout pourri, mais qu'est-ce que deux mois de plus ou de moins ? Plus tôt que prévu. Toujours trop tôt. J'ai peur, vraiment peur, mais c'est bien. Il y a eu de la beauté dans ma vie. J'aurais voulu qu'elle dure encore vingt ans, ou seulement onze. Onze, oui, onze ans. Même seul. Comme ça, j'aurais eu quatre-vingts ans et tout le monde aurait dit : « C'est dommage, mais il a eu une vie bien remplie. » Tout le monde, mais qui ? Mes amis sont presque tous morts, mes enfants et mes amours m'ont abandonné.

On doit mourir un jour de la semaine ; on est mardi, je crois. Mais à quelle heure, on verra bien ; je ne verrai rien.

Qui est cette femme avachie dans le fauteuil ? Est-ce qu'elle dort ? Est-ce que je la connais ? Elle est toute grise des pieds à la tête, comme les attachées de presse autrefois. Une sentinelle déguisée en assistante de direction d'une grande banque ; j'ai fait quoi pour mériter ça ? C'est elle qui garde l'entrée du paradis ? J'aurais préféré un archange muni d'un glaive – c'est sans doute que je ne vais pas mourir. J'aimerais autant ne pas mourir. S'il vous plaît. On s'habitue tellement à vivre.

Cette femme grise ressemble à Élise, ou bien je délire déjà. Élise endimanchée. Pas son genre. Mais ce port de tête qu'elle avait, cette prestance, oui.

Quel cul étonnant et gracieux, celui de cette infirmière ! On dirait ma chérie, ma beauté, ma flamme, l'autre qui a été mon autre et dont j'ai été l'autre, elle lui ressemble, c'est terrible.

Blonde et longue comme l'infirmière qui sort à l'instant de la chambre, la blouse un tantinet serrée aux hanches, ainsi s'avançait ma Fanny dans la vie. Ses mouvements fluides appelaient les caresses, son rire de ventre n'avait pas changé depuis l'enfance, sauf sa voix, maintenant une voix de femme plus grave qui montait à ses yeux en amande, une promesse, un émerveillement.

C'est elle, se dit Henri en se retournant dans son lit, emportant dans son élan tous les fils accrochés à ses membres, comme la marionnette de la médecine. C'est elle que j'ai aimée, qui est revenue, c'est elle que je voudrais aimer, c'est elle que j'aime à partir de maintenant, de tout de suite et jusqu'à ce que la mort nous sépare, ce qu'elle ne manquera pas de faire. Ce qu'elle est en train de faire.

Je veux avoir été l'amant de cette fille et sentir son regard sur moi, avec cette douceur, cette infinie connaissance de la douceur qu'ont les femmes, rendant la nôtre si terne, si passive. Avec cette sensualité au bord des lèvres, toujours prête au baiser, à la caresse. Ses yeux effilés dont le coin jetait un éclat mutin, surtout l'œil gauche qui remontait un peu vers la tempe. Ses fossettes, l'une ronde et l'autre longue. Son rire du fond du ventre qui me faisait bander immédiatement.

Nous nous sommes aimés, vous n'avez pas idée, Madame, à quel point.

Mon secret, je l'emporte avec moi, j'emporte sa lumière. Sept ans d'amour. Sept ans qui font le suc de toute une vie. Plus de bonheur que la plupart des gens. Indicible. Je pars avec sur le cœur ces années inouïes comme un trésor. Des années telles que celles-là, ça vaut le coup d'être humain.

Les hommes qui ont consacré leur existence à leur dieu avaient-ils au fond d'eux-mêmes autant d'amour ? Je parle de mes deux fées, la brune et la blonde, mes sirènes.

Dans une vieille et grande maison, nous vivions tous les trois ensemble. Moi qui les aimais, elles qui m'aimaient.

Elles s'endormaient dans les bras l'une de l'autre, au premier étage, dans les odeurs d'abeille, de peau, de langue, de sexe mêlées.

Nous avons emménagé au milieu des orages. Ils n'ont pas cessé de la fin du printemps au mitan de l'été. Nos sandales ne séchaient pas.

Élise s'était repliée dans le pavillon du gardien pour travailler. Le soir, on venait la chercher sous le grand parapluie rouge. Le portail du parc grinçait dans les branches.

Les oreilles fines de Don Diego nous prévenaient. Il était sur le qui-vive, en faction devant la porte.

On caracolait dans les flaques.

On léchait la rigole entre ses seins.

Elle tapait des pieds sur le paillasson.

Les gouttelettes s'éparpillaient autour d'elle.

Don Diego sautait de joie.

Comme nous nous sommes aimés !

Je me souviens, oh !

Je me souviens des Champs captants.

12.

Chant de la fin

« Fanny ? »

Pia saute sur ses pieds. C'est la voix d'Henri. Ses yeux sont clos, ses orbites se creusent, ses lèvres étirées pâlissent. Sa tête enfoncée dans l'oreiller n'a pas bougé, les mèches blanches sont collées sous une brusque sueur froide. Il est loin.

« Henri ? »

Elle se tient à son chevet, prend sa main tavelée, de nouveau une grande chaleur s'en dégage. La voix lui parvient, elle ne sait pas d'où. Du plus profond d'elle-même. C'est une voix amie, invitée, familière, celle de l'homme dans la voiture.

« Change l'eau des roses, mon amour. Tu sais bien. Je n'en supporte pas l'odeur.

— Bien sûr. »

Pia saisit le vase sans réfléchir, va dans le minuscule cabinet de toilette, le renverse dans le lavabo, voudrait couper les tiges des fleurs, mais pas de ciseaux à ongles ni à cheveux, pas de ciseaux à papier ni de sécateur dans cet hôpital. Elle remplit le vase d'eau fraîche.

Un médecin entre sans frapper. Visage ouvert, regard sérieux et lèvres généreuses. Il se présente et lui demande ce qu'elle fait là, avec ses mains trempées.

« Je change l'eau des fleurs. Henri n'aime pas l'odeur d'eau croupie. »

Le médecin observe le moniteur, puis le visage d'Henri, et une sonnerie retentit brusquement. Un voyant rouge s'allume, clignote, les nombres qui défilent sur le moniteur s'effondrent. Le médecin s'avance rapidement vers Henri, une infirmière arrive immédiatement.

« Qu'est-ce qui se passe ? demande Pia, le vase entre les mains.

— Il faut l'intuber », déclare l'infirmière.

Le médecin secoue doucement la tête.

« Je crois que son cœur est en train de lâcher. C'est bientôt la fin, Madame. Je suis désolé. »

Pia a le souffle court. Elle dépose le vase de roses sur la table de nuit.

« Quoi ?!

— Vous avez bien précisé à l'anesthésiste que vous ne souhaitiez pas d'acharnement ? Dans son état, vous avez raison ; je vous assure que ce serait vain. Il ne survivrait pas à une nouvelle opération. Nous pourrions le maintenir en vie artificiellement, mais il ne reprendra pas connaissance. Son cœur était à bout, toutes les artères étaient gravement sclérosées. Le choc à la tête n'a fait que précipiter les choses. Ce serait arrivé de toute façon. Je vous laisse avec lui. Nous sommes à côté, dans le bureau, si vous avez besoin de nous. »

Pia voit les nombres sur l'écran vert décroître doucement. Ses tempes bourdonnent, sa gorge se serre et brûle. Elle attrape la main du vieux monsieur, épouvantée.

« Je suis là, dit-elle mécaniquement, comme au chevet de son père elle l'avait répété, ne t'inquiète pas. »

Il paraît qu'il ne faut pas laisser les gens mourir tout seuls. Qu'il faut se tenir auprès d'eux. Les croyances le prétendent, les religions et les croyances, sur toute la terre. Pia ne connaît ni dieu ni diable, mais elle reste là, avec la main d'un inconnu dans la sienne, luttant contre les larmes, désormais, qui ne veulent plus repartir d'où elles sont venues, à regarder la mort le prendre, l'engloutir et engloutir sa vie à elle par la même occasion.

« J'ai tué un homme. Tué un homme ! Il serait mort de toute façon, a dit le médecin, peut-être, mais quel idiot, nous allons tous mourir de toute façon ! »

Si Henri est là, maintenant, là, dans ce local sinistre bourré de machines, c'est bien à cause d'elle. Si les trois exterminateurs n'avaient pas joui de la faire attendre, si elle n'avait pas foncé pour rejoindre l'avocat qui part aux Maldives, si les freins de l'auto avaient marché, elle l'aurait vu sur son trottoir, elle l'aurait évité ! Si elle avait pris un autre chemin, si elle n'avait pas roulé si vite, il aurait eu le temps de traverser !

Les nombres sur le moniteur baissent encore, puis remontent un peu, puis baissent de nouveau, au rythme du cœur d'Henri.

« Meurs pas, Henri, je t'en prie, s'il te plaît, meurs pas ! »

Son père était parti ainsi, doucement, et la peine de Pia déferle brusquement comme chez une toute petite fille. Il s'était écroulé un jour chez lui, frappé avec le plus puissant des gants de cuir noir. Appelée en urgence, Pia avait foncé à l'hôpital et s'était tenue près de lui quatre heures pendant lesquelles Francis Bleu, ancien champion de France de boxe, entraîneur de nombreuses vedettes, chanteur à ses heures dans les bals, s'était délicatement enfoncé dans la mort. Son mariage avait distendu ses liens avec son père, elle comptait sur le temps pour retrouver leur complicité ancienne, elle le voyait souffrir de cet écart. Ils ne savaient plus très bien comment se parler. Francis avait peur de la gêner, elle ne voulait pas qu'il sente sa honte. Le perdre avant d'avoir pu se réconcilier avec lui avait bouleversé Pia, lui laissant un chagrin qui ne partirait jamais.

Un sifflement retentit. Le moniteur est à zéro. Henri pousse un profond soupir. Les machines s'arrêtent.

Sur le pas de la porte, l'infirmière regarde Pia pleurer. Elle voudrait la prendre dans ses bras. La peine des vivants la touche encore plus que la mort de ceux qu'ils aiment. D'habitude, elle maîtrise la bonne distance, le recul professionnel, la compassion et l'efficacité. Celle-ci, cette femme trop élégante, décomposée, effondrée, devant un vieil homme fragile, comme si elle ne pouvait pas s'y attendre ? Cette femme-ci la touche infiniment. Elle s'avance avec précaution.

« Je m'appelle Pascale Éridan. Madame, venez avec moi. »

Pia se lève difficilement, son maquillage a coulé, ses yeux ont noirci, elle suit Pascale dans le bureau.

« Voici pour vous. »

Elle lui tend la montre, les boutons de manchette, le portefeuille qu'elle a pris sur la table de nuit – mais pas l'argent, qui sera remis plus tard – et le manteau d'Henri.

« Il faut nous laisser avec lui, maintenant. Vous nous apporterez le costume que vous voudrez dès que possible.

— D'accord », répond Pia, qui ne comprend rien.

Mais elle se souvient, oui, son père, le costume.

« Je ne vais pas pouvoir », glisse-t-elle dans un souffle, et ses genoux faiblissent.

Pascale la soutient, la guide vers une chaise. Les douleurs surgissent, d'un bloc, la douceur de l'infirmière a rompu la digue. Tous les paquets de douleur et la culpabilité débaroulent, l'homme aimé perdu, les procès perdus, l'appartement perdu, les objets et les meubles perdus, le travail perdu, et la faute, l'horrible faute, le beau vieil homme qu'elle tue un matin, elle n'est qu'instrument de mort et de déréliction, elle voudrait se vomir. Pascale s'accroupit près d'elle, lui tient la main, aimerait partager, prendre sur elle un peu de la peine. L'aider. Elle va lui chercher un calmant léger et un verre d'eau, et spontanément écrit sur un bout de papier son numéro de téléphone personnel.

« Comment peut-on vous joindre ? »

Pia respire, fouille dans son sac à main, lui tend une carte de visite. Saisit le papier de Pascale et la regarde. Ses yeux en amande. La tendresse sur son visage.

« Si vous avez besoin de m'appeler, surtout, s'il vous plaît, n'hésitez pas. Je suis là pour vous, madame Bleu. »

13.

Chant de l'enfant

De retour de l'hôpital, Pia ferme la porte et pose son sac par terre. L'appartement est presque vide. Il résonne sous ses pas. Elle se laisse tomber dans le canapé et s'y recroqueville, serrant contre elle la canne à pommeau d'argent abandonnée dans sa voiture. Puis elle se lève d'un bond, va ouvrir un placard, sort un verre. Elle finit doucement sa dernière bouteille de whisky, un single malt japonais de vingt-cinq ans d'âge.

Chez Pia, il n'y a plus qu'une table de cuisine, six chaises XVIIIe cannées, signées, sur lesquelles personne ne vient plus s'asseoir. Des cartons le long des murs, ses affaires et les livres d'art qui décoraient la table basse, qu'elle a feuilletés une ou deux fois et dont les photos lui plaisaient. Dans un coin, le service de table en porcelaine de Limoges de quarante-quatre pièces qu'elle vient de faire estimer à peu de chose et dont personne ne veut. Le dernier cadeau d'un mariage calamiteux. Et un canapé en velours grenat qui devient malgré elle son refuge. Chercher un appartement à louer pas cher, elle ne peut pas. Elle a demandé à l'agence de lui dénicher n'importe quoi, le prix le plus bas possible, elle n'ira pas le voir, ça lui ferait peur, elle prendra ce qu'il reste.

Quelques jours plus tard, Pia trouve un faire-part encadré de noir dans sa boîte aux lettres : le fils et la fille d'Henri annoncent la mort de leur père et la convient à l'enterrement. Elle se souvient qu'elle a laissé son adresse à l'hôpital, le fils l'aura demandée. François. François dont elle a tué le père. Pia ne dort plus. Elle revoit en boucle l'accident, elle entend sans cesse le dernier souffle d'Henri, elle a gardé l'odeur de l'hôpital dans ses narines. Elle se nourrit à peine.

La cérémonie a lieu au crématoire du cimetière. Pia se fait violence pour y aller, pour affronter la famille. Elle s'y rend portée par la honte, achète machinalement trois roses rouges au fleuriste près de l'entrée. Il n'y a pas grand monde, une demi-douzaine d'hommes et de femmes, dont un couple et une brune aux yeux rougis qui ressemble à Pia. Un bouquet de fleurs de saison repose au pied du cercueil au centre de la vaste pièce. Pia pose les trois roses sur le bois verni. Un jeune homme en veste de jean avec une queue-de-cheval lit un texte de Jacques Brel qui parle d'amour, puis remercie l'assistance clairsemée.

« J'espère que vous l'avez aimé, dit-il d'une voix sourde. Moi, je n'ai pas pu. Pardon. »

Pia attend un long moment, sans bouger de sa chaise en paille, que le cercueil soit enlevé, qu'il brûle interminablement dans un grondement déchirant, puis que le jeune homme reçoive l'urne contenant les cendres de son père. Elle s'approche mécaniquement de lui avec les quelques autres personnes pour lui présenter ses condoléances et lui remettre le portefeuille, les boutons de manchette et la montre d'Henri.

« Restez, s'il vous plaît », implore-t-il.

Ils sortent sur le parking, et François s'adresse fébrilement aux nuages, le fardeau de l'urne chaude sous le bras.

« Je savais qu'il avait une amie. Il mentait tout le temps. J'ai vu sa voiture sur les bords du fleuve un jeudi soir, il y a longtemps. Le jour sacré du jeudi soir, où les dirigeants descendaient soi-disant de Paris depuis des années pour une réunion incontournable. Il devait être avec vous. Un menteur. Il a tué ma mère avec son indifférence. Il détestait les enfants. On aurait pu être des chats ou des meubles. On a essayé avec ma sœur de se rapprocher de lui après la mort de notre mère, quand il a été veuf. Il nous a rejetés, on a été placés dans la famille, chez une tante.

« Avec des copains, on a monté une ferme collective. On fait du maraîchage, de l'élevage, du pain bio, des fromages, c'est rentable. Il aurait pu nous aider financièrement, investir dans l'entreprise, mais il a préféré nous traiter de babas cool, et il n'a rien donné. Rien. Donc, je ne lui dois rien, vous voyez.

« Ça n'est pas votre faute. J'espère que vous l'avez aimé. Ma mère l'a aimé. Ma sœur, je ne sais pas, elle est partie à l'autre bout du monde avec un mec, on n'a plus de nouvelles. J'ai ajouté son nom sur le faire-part, qui est aussi en ligne, si jamais elle le voit, pour qu'elle sache que je ne l'oublie pas.

« Je n'ai pas voulu venir à l'hôpital, je suis sûr qu'il ne s'en est pas aperçu. Merci de l'avoir veillé. On m'a dit que vous étiez très affectée. On m'a dit qu'il était tombé et que vous l'aviez amené aux urgences. Je n'aurais pas pu.

« C'est fini, maintenant. Quelqu'un doit le pleurer. Ce ne sera pas moi. Merci d'être venue. »

14.

Chant de la maison de ville

C'est une maison noire dans une rue passante, interminable, bordée d'habitations à un ou deux étages qui se ressemblent infiniment, les voitures garées devant les portes entre de maigres et patients tilleuls. Un quartier résidentiel d'autrefois, quand les architectes signaient des façades tarabiscotées ornées de balcons. Un garage ici ou là dont il ne reste que l'enseigne délavée, parfois un salon de coiffure qui expose en vitrine une ou deux vieilles plantes, une école primaire avec des barreaux aux fenêtres.

C'est une double maison, ou bien la moitié d'une. C'est l'une des deux, identiques, accolées, jumelles, dans un seul bâtiment orné du nom de l'architecte. Elles sont presque invisibles, disparaissent dans l'alignement des voisines de même taille, rien ne les distingue des autres sauf peut-être cet état d'abandon, ce voile gris sous lequel elles semblent vouloir se cacher pour que le temps cesse de battre.

Les portes sont mitoyennes, hautes, surmontées d'une vitre encrassée. Celle de gauche était brune, maintenant ternie, sa partie supérieure recouverte en son centre d'une grille à motifs rappelant des fleurs de lys. La porte de droite, d'un bleu passé, possède également une grille en fer forgé qui protège une vitre épaisse à picots. Sur celle-ci, les volutes florales s'arrondissent davantage. Une fente pour le courrier s'ouvre au-dessus d'un bâton de maréchal en laiton.

Deux maisons d'un étage semblables et dissemblables pourvues chacune d'un vaste grenier. Les fenêtres du rez-de-chaussée regardent au-dessus de la tête des passants.

Trois marches depuis la rue. Deux fenêtres à gauche de la porte, fermées par des volets écaillés. Pia s'empare du trousseau donné par l'agence.

« C'est un peu meublé, en quelque sorte, et c'est presque vide, lui a-t-on dit. Le fils du propriétaire la loue en l'état, une poignée de roupies de sansonnet, quasiment rien. Il a pris ce qu'il avait à prendre, il ne veut plus y mettre les pieds, il la vendra peut-être, mais pas tout de suite. Il n'y a rien de valeur, jetez tout ce que vous voudrez, laissez le reste. Il ne fera pas de travaux, inutile de réclamer. En échange de quoi le loyer est dérisoire. Rafraîchie, la maison sera délicieuse. Pour ce prix-là et dans l'urgence, vous ne trouverez pas mieux. »

C'est un trousseau dans un étui en cuir ; Pia n'a jamais eu autant de clefs. Elle les essaie une à une dans le fouillis de métal, un verrou en haut, un verrou en bas, une serrure pour clef longue au milieu, sans s'énerver, c'est long et fastidieux, au point qu'elle se demande si la maison ne se refuse pas à elle. Avec un soupir, elle parvient à entrer. Il reste trois ou quatre clefs inutilisées, elle les sépare des autres sur l'anneau pour se souvenir et ne pas avoir à chercher la prochaine fois.

L'odeur de renfermé est froide. Odeur de poussière, manque d'air. Trois marches encore, un couloir en guise d'entrée. Un papier peint violet à petites fleurs noires sur les murs très hauts, quelques pans gondolent, prêts à se détacher.

Il fait sombre. Elle tâtonne pour trouver un interrupteur. Pas d'électricité.

Sur le plancher, un tapis de couloir élimé fixé par des lames de laiton noircies. Au bout, une porte décorée d'un vitrail dans les mêmes tons que celui du papier peint, des fleurs vénéneuses et fanées. La lumière se fraye péniblement un chemin, s'épuise et tombe.

Une porte sur la gauche, elle entre, c'est un salon. Un vieux canapé aux coussins de velours bleu roi effondrés, deux fauteuils branlants, un guéridon fendu, une cheminée qui n'a pas servi depuis un siècle, sauf pour poser un vase en pâte de verre qui ne sait plus ce qu'est une fleur. Le temps n'est pas suspendu, il ne l'est jamais. C'est la pièce qui s'est arrêtée pendant qu'il passait. Tandis que tout allait très vite à l'extérieur.

Ce n'est pas vraiment sale. C'est seulement abandonné.

Une cuisine délabrée donne sur le jardin en contrebas. Le formica qui a été jaune s'écorne. On n'y cuisinait pas. On y réchauffait des plats. L'arrière-cuisine regorge de bocaux vides et de poussière.

Les marches de l'escalier sont en pierre. À l'étage, trois pièces désaffectées où subsistent quelques meubles en bois d'allumette, certains recouverts d'un drap grisé, et des bibliothèques pleines de livres de poche jaunis.

Seule une chambre, à peine meublée, est encore vivante. Un grand lit, un couvre-lit doré à petites côtes, une armoire Louis-Philippe débordant de costumes, de chemises et de cravates sous le film en plastique du pressing, un placard à chaussures, une salle de bains attenante, porcelaine des années cinquante, bidet à bords hexagonaux, odeur de mousse à raser anglaise sur le blaireau. Petites serviettes rêches bien pliées sur une étagère.

L'absence.

« Quelqu'un est mort ici, se dit Pia. Ou bien quelqu'un qui vivait ici est mort. Cette odeur de vide, comme chez mon père, qui remplit tout l'espace. »

Pia s'installe dans une des deux chambres sur le jardin, de l'autre côté du palier. Elle a gardé son matelas de luxe de quarante centimètres d'épaisseur et une tête de lit matelassée en cuir blanc. Une Rolls toute neuve dans une casse jonchée d'épaves. Elle campe, comme dans une chambre d'amis ou un gîte qu'on loue à la campagne sans regarder au confort, son lit au milieu d'étagères de livres. Elle nettoie un placard, fixe sur les planches mal dégrossies des feuilles autocollantes imprimées, y dispose ses vêtements.

S'assied sur le lit maintenant revêtu d'un boutis de soie grège. Comment survivre dans ce fatras de vieilleries, ce délabrement, ces années de négligence ? Sans argent, comment faire table rase de ce passé qui ne lui appartient pas ?

Ses pas résonnent dans les pièces vides. Sa voix, ses sanglots contenus aussi. C'est l'écho de la perte, l'écho d'un monde absurde qui, pour n'être pas hostile, ne lui fait aucune place. Dont elle ne comprend pas les codes, les références. Ces parquets qui craquent, ces moulures écaillées, ces portes minces, elle est à l'étranger.

Dans le salon sur la rue, les volets ajourés vibrent six mille cinq cents fois par jour au passage des camions, cars, bus, motos et voitures qui jettent sur le papier peint violacé des reflets rapides et des éclats de phare. Pia n'y va jamais. Le bruit de l'avenue la hache menu. Pour le fuir, elle s'installe de l'autre côté de la maison, dans la cuisine ouverte sur un palier extérieur abrité par un auvent au-dessus du jardinet en contrebas.

Dès le deuxième jour, elle trie. Elle jette les vieux meubles abîmés, les chaises branlantes et les lits effondrés à la déchetterie, elle donne au Secours populaire tous les vêtements des penderies, les chaussures de ces inconnus, leurs tapis usés. Sauf pour la chambre sur la rue, dont elle vide les placards, mais qu'elle conserve intacte, un mausolée, par respect pour la présence qui y traîne encore. Surtout le lit, auquel elle ne touche pas. Y laisse les draps, la forme du crâne sur l'oreiller. Il y a quelqu'un par-là, qu'elle perçoit. Très nettement. Une vague de chaleur, un sourire flottant qui lui rappellent les sensations ressenties à l'hôpital quand elle a pris les mains d'Henri, cette proximité du cœur, de l'esprit, une familiarité intense.

Au grenier, elle a flanqué le peu de choses qui lui restent, les cartons du service de Limoges, les quelques objets qu'elle n'a plus envie de voir, des cadres en argent autour d'images d'un monde perdu, pluie de riz sur le perron de l'église, bonheur sous les tropiques, coupes brandies par l'homme… Du clinquant pour impressionner des gens qu'elle n'aimait pas vraiment et qui ne l'aimaient pas tellement.

Dans la salle à manger attenante, six chaises cannées s'alignent le long des murs, le canapé grenat trône au centre. Rien d'autre. Le grand tapis occupe la pièce, un bel iranien où s'égayent des animaux stylisés dans un décor champêtre aux mille fleurs qui lui avait coûté trois mois de salaire. Personne n'a voulu le lui racheter. « Pourtant, se dit-elle, un tapis ancien en si bon état ne perd pas de valeur avec le temps. »

Seul sur le manteau de la cheminée du salon vide, le vase en pâte de verre bleu foncé qu'elle y a trouvé.

15.

Chant de Pascale

L'infirmière lui téléphone quelques semaines après l'enterrement. Les billets du portefeuille d'Henri ont été placés au coffre, le fils n'en veut pas. François Desormeaux est venu apporter le costume pour la mise en bière, remplir les formalités, fournir les coordonnées d'une entreprise de pompes funèbres et n'a plus donné signe de vie. Il a expressément désigné Pia en tant que personne de contact.

Arpenter les couloirs lui est pénible. Pia marche dans un tapis profond, une pâte dont elle extrait malaisément ses jambes l'une après l'autre pour avancer sous les néons. Elle revoit les images de cette matinée encore si proche, les endroits où elle s'est tenue, la première salle, la seconde, occupée de nouveau par un corps intubé qui souffle au rythme implacable de la machine.

À peine entrée dans le bureau des infirmières, Pascale s'illumine en la voyant. Ce n'est plus l'élégante Pia aux talons aiguilles et au caraco de soie qu'elle accueille, mais une femme en baskets, jean et blouson de cuir, à peine maquillée, les cheveux noirs brossés à la hâte pour laisser les boucles composer un halo sombre et mouvant, dont les traits tirés accusent la beauté anguleuse.

Elle la fait asseoir, lui parle gentiment, demande de ses nouvelles. Ses yeux relevés sur les bords éclairent son visage d'un air mutin, sa sollicitude est propice aux confidences, mais Pia reste sur la réserve. Elle sent le danger. Cette fille, qui n'est pas son genre, décèle trop facilement le chemin en elle. Ça l'effraie. Pascale essaie de la faire parler. Elle veut savoir si elle est encore sous le choc, si elle a retrouvé le sommeil, elle se doute que ça doit être très difficile de revenir dans ces lieux. Il se trouve que c'est la fin de sa garde, est-ce qu'elle veut bien patienter un instant, elles partiront ensemble et passeront toutes les deux au coffre pour récupérer l'argent. Pia veut bien, elle retourne un instant dans le couloir.

Pascale surgit, un béret sur les cheveux, un sac en bandoulière, et lui offre de nouveau de l'accompagner. Par l'escalier, elles accèdent au sous-sol, murs de parpaings nus et tuyaux emmitouflés, jusqu'au bureau où se cache le coffre. C'est une sorte d'intimité qui est dévoilée à Pia, découvrir les coulisses de l'hôpital, rencontrer la personne préposée, entre autres, aux effets personnels des malades, qui leur demande de se retourner pendant qu'elle compose la combinaison, mouvement qu'elles effectuent ensemble, accordées, ce qu'elles remarquent toutes les deux.

Puis elles sortent en plein air, sur le boulevard. Ce serait le moment pour Pia de la remercier et de s'en aller sans jamais la revoir. C'est le moment que Pascale choisit pour lui proposer de prendre un café. Le quartier est excentré, Pia hésite, il faudrait marcher longtemps. L'infirmière offre d'utiliser sa voiture, garée sur le parking d'en face, pour rejoindre un endroit qu'elle aime bien, en centre-ville. Pia cherche les mots pour refuser, et n'en trouve pas ; cherche les mots pour accepter et n'en trouve pas non plus. Alors elle suit Pascale sans rien dire vers la petite auto noire, s'installe sur le siège passager et se force à sourire, pour remercier, pour rassurer la conductrice, qui s'enquiert de son bien-être. Les clefs dans le contact, avant de démarrer, Pascale se tourne vers Pia.

« Ce n'est pas facile, je comprends bien ; ça prend du temps. »

Pia imagine qu'elle fait allusion à son visage fermé, au deuil que cela suppose, mais elle entend un champ de significations possibles, retrouver le contact avec quelqu'un, parler de ce qui est arrivé, dire la vérité (pourrait-elle jamais la dire ?), sortir de son antre, se rapprocher d'une femme belle, créer de l'amitié, de l'intimité. Elle dit :

« Oui, c'est vrai. Pas facile. »

En centre-ville, elles se garent, se dirigent vers une vieille brasserie dont Pia a entendu parler, elles marchent l'amble, montant et descendant du trottoir d'un même pas rapide, souple et oublieux de soi. L'endroit est chaleureux, cuir et cuivre, musique joyeuse, brouhaha des convives ; Pia est immédiatement submergée. Elle ne sait plus ce que c'est, prendre un pot comme elle le faisait autrefois sur le pouce avec une amie pour parler de tout et de rien, surtout de rien. Agir comme si tout cela n'était pas arrivé, comment ? En à peine deux ans, elle a oublié ce que les gens inventent pour aimer simplement être ensemble, partager un peu de légèreté. La solitude est si rude qu'elle lui interdit même d'aller au café toute seule, elle s'en rend compte en s'asseyant.

« Ça va ? interroge Pascale.

— C'est la première fois que je sors depuis… je ne sais pas », s'excuse Pia.

Puis elle se demande comment procéder pour mentir ou se taire. Elle prend peur. La situation est ridicule. Elle ne peut rien dire à cette femme, pas de confidences possibles.

Une seule solution : la faire parler d'elle. Dans son métier, on apprend ça. Les clients adorent, ils finissent par vous faire confiance parce qu'ils se sont confiés. Relancer par des questions, dégainer la première.

« Vous êtes infirmière depuis longtemps ?

— Non, répond Pascale, les deux mains autour de sa tasse de thé. Seulement depuis dix ans. Avant, j'étais viticultrice avec mon père, et avant encore j'avais un magasin de plantes et de décoration que j'ai ouvert après mes études aux Arts déco. Je n'ai jamais su choisir. Je voulais faire agro, ingénieur agronome, ou horticulture et paysage, parce que c'est beaucoup moins dur, mais finalement j'ai choisi les Arts déco, parce que je pensais que ça m'ouvrirait vers les jardins et l'architecture végétale. Grosse erreur ! »

Elle rit. Elle a envie de se raconter. D'évoquer sa mère asiatique et sa double culture, sa famille de là-bas. Elle espère que ses confidences amèneront Pia à se livrer à son tour. Du coin de l'œil, elle guette les réactions de Pia qui s'est composé le visage de l'attention active, un masque professionnel bienveillant derrière lequel elle se sent en sécurité. Pascale évoque ses études, le beau magasin qui ne rapportait pas grand-chose, les vignes de son père – Pia reformule ce qu'elle entend, la relance pour la mettre en confiance, pour qu'elle continue à parler : « J'aime aussi beaucoup le médoc ! » –, le concours d'infirmière, le choix des soins intensifs. La nécessité qui s'est imposée de venir en aide à ses contemporains plus directement que par la beauté des bouquets ou l'excellence du vin. Le besoin de s'investir dans un métier qui serait le sien et non celui de sa famille, domaine viticole, château prestigieux, héritage trop lourd ici, et au bout du monde un continent qui ne se dévoile à elle que par bribes. Mais la question finit par arriver, celle que Pia redoutait :

« Et vous ?

— Mon père était boxeur », dit Pia, qui sait que cela suscite toujours l'intérêt, afin de gagner du temps.

À l'ombre qui passe sur le visage de Pascale, elle sourit.

« Mais c'était un homme très gentil.

— Vous l'avez perdu ? »

Elle ne sait plus quoi répondre, car c'est le premier brin d'un écheveau. Si l'on tire, toute la pelote va se défaire, les morceaux des choses perdues et des gens perdus vont tomber sur sa tête. Qu'a-t-elle perdu de son père – sa pugnacité, sa tendresse ? Le regard d'amour qui la tenait droite sur son vélo ? Sa voix grave, un peu rauque ? Sa confiance ? Elle choisit de rester technique.

« Rupture d'anévrisme. C'est courant dans son métier.

— Je suis désolée. »

Pia l'entraîne sur le sujet médical, les chances de survie, les séquelles, mais Pascale ne se laisse pas faire.

« Dites-moi quelque chose de vous, Pia.

— Je vous assure qu'il n'y a rien à dire, répond Pia un peu trop vite. Je suis chargée d'affaires, j'ai fait des études de commerce international, et actuellement je cherche du travail. Voilà. Pas grand-chose de passionnant ! » conclut-elle, la voix altérée.

Elle est touchée là où elle ne veut rien savoir. Rien savoir, parce que ce n'est pas elle, c'est une autre en elle qui est dénudée par la présence de l'infirmière. Une autre qu'elle ne connaît pas vraiment, qu'elle redoute, qu'elle espère. Pascale devine ce trouble, qui, en retour, l'émeut beaucoup. Elle lui propose de se revoir, d'aller au cinéma, est-ce que Pia voudrait bien ?

Les semaines suivantes, elles se retrouvent de temps en temps au bord du fleuve pour se promener au vent qui vient d'ailleurs, elles se donnent rendez-vous devant le cinéma préféré de Pascale, prennent un verre, discutent et n'évoquent jamais Henri ni l'accident. Pia lentement s'ouvre à cette longue fille aux yeux obliques qui lui fait si bon accueil.

« Mais pas du sperme de cheval ! »

Pascale éclate de rire.

« Mais si. J'en ai vendu pendant deux ans. J'avais un super catalogue d'étalons que je proposais aux propriétaires de juments pour insémination, aux haras, aux éleveurs. Pas pour les pur-sang, c'est interdit, mais pour les chevaux de course, des bêtes très chères.

— Pourquoi as-tu arrêté ?

— On m'a suggéré de passer à l'international, mais la pression masculine était trop forte à ce niveau-là. On se fait écrabouiller. Et puis j'en ai eu marre de barboter dans le fumier, marre des écuries, des champs de courses, des aristos les bottes aux pieds. En fait, je n'aime pas beaucoup les chevaux ni le fichu tintouin qu'on fait autour. Je les trouvais dingues, tous ces gens passionnés. Consacrer sa vie à sept cent cinquante kilos d'hystérie, je ne sais pas, moi, je ne pourrais pas. Sans compter l'odeur.

— C'est ce que je préfère chez un cheval, l'odeur ! Et la couleur. Je trouve qu'ils brillent et qu'ils sentent bon. J'ai appris à monter. J'avais un gentil bourrin au manège, on s'entendait bien.

— Il s'appelait comment ?

— Tornado. Ça ne lui allait pas du tout ! »

Elles se regardent dans un même sourire.

16.

Chant de Pia dans la maison de ville

Dans les placards de la cuisine, six assiettes en porcelaine Art déco et leurs tasses à thé sauvées du désastre, six verres et six coupes en cristal, des poêles et des casseroles. Sur sa table branlante, elle vit du bout des doigts au milieu du formica jaunâtre abîmé, parce qu'elle n'a pas d'autre table et parce que le salon de coiffure voisin n'a pas sécurisé son wifi, elle peut s'y connecter gratuitement. L'ordinateur portable est toujours ouvert, sur lequel elle passe des heures à se renseigner, à se distraire, à s'empoisonner avec l'état du monde, à chercher des solutions à un malheur qu'elle ne qualifie pas, qu'elle ne cerne pas, une violente injustice.

Une voix profonde affirme pourtant silencieusement qu'il y aurait peut-être un sens à cette déconfiture, qu'elle y a sa part aussi. Pia harangue en retour le tribunal intérieur, celui auquel on s'adresse pour se défendre pendant de longues heures inutiles.

Un sens ? Quel sens ? J'ai fourni à cet homme un tel train de vie qu'il me réclame aujourd'hui de ne pas le priver de ce confort. Il attendrit le juge en prétendant qu'il ne lui reste plus qu'une couchette humide, parce que les hôtels de luxe, les bungalows au bord des lagunes du Pacifique, personne ne s'en fiche, il veut continuer à y avoir droit. D'ailleurs, tout lui était prodigué de droit : le talent de skipper, le cabinet d'architecture, les réseaux de relations de sa famille, une existence selon ses désirs et une femme qui y subvient.

Maintenant, il veut fonder un nouveau foyer et pouponnera à mes frais les bébés joufflus que cette institutrice fille de militaire, sa future épouse, mettra au monde tous les mois de mai, des bébés pédagogiques habillés de bleu ou de rose !

Elle harangue le juge absent et ne se laisse pas impressionner par cette réponse en elle qui lui intime, tout au fond, de chercher à comprendre de quelle façon c'est arrivé, à quel moment elle n'a pas senti l'homme se détacher et pourquoi. Pia ne peut pas encore, elle croule sous la honte. La litanie qu'elle ressasse du matin au soir l'obsède, qui repousse dans sa tête comme un chiendent. L'enserre. Elle la régurgite.

Je ne l'ai pas vu, il ne m'a pas vue, ce n'est pas ma faute, je ne l'ai pas tué, il n'avait qu'à faire attention.

J'aurais dû le voir, je l'ai tué. Si j'avais pris un autre chemin, si je n'avais pas pleuré, pas pleuré, si les barbus, si les freins…

J'ai écrasé quelqu'un, je n'ai pas fait l'embardée qui aurait sauvé Henri, je lui ai foncé dessus quand il est descendu du trottoir et a posé un pied sur la chaussée, la canne en avant. Il s'en est fallu d'une seconde. J'ai provoqué la mort d'un homme. Même si Henri était fragile et cardiaque, c'est à cause de moi, c'est ma faute, à cause de moi, à cause de moi…

Pia se cache derrière ce qui lui reste de colère pour se protéger de la culpabilité embusquée qui la boufferait toute crue.

Elle ne baisse pas les bras. Les premiers temps, elle lutte sur le ring comme son père, avant elle, sous les projecteurs. Elle maintient le rythme, remplit son agenda, se lève très tôt, organise sa recherche en forme de travail, de défi, les dents serrées. De semaine en semaine, pas de réponse à ses courriers, pas un seul entretien, elle comprend que la bataille sera longue. Elle n'y consacre plus que deux à trois heures tous les matins, épluche les sites, envoie des mails, tient à jour le fichier des réponses négatives, passe quelques coups de téléphone pour décrocher des rendez-vous, c'est tout. Ses anciens contacts rivalisent de créativité pour ne pas la recevoir. Ceux qui la reçoivent sont désolés, lui souhaitent bonne chance, en parleront autour d'eux.

Elle n'a presque plus rien. Un garage lui rachète son SUV, elle ne peut pas faire réparer les freins et cette automobile est un instrument de malheur. Elle accepte de mauvaise grâce de prendre les transports en commun. Ne plus disposer de son temps est une amputation. Se sentir à la remorque des foules pendant des heures l'humilie, descendre et changer de ligne quand sa voiture impérieuse l'aurait emportée en deux minutes de l'autre côté de la ville. Consternation de découvrir la vie de ceux qui manquent de tout. Se trouver au milieu de personnes qu'elle côtoie pour la première fois, des gens pauvres, ceux dont les vêtements d'occasion sentent l'huile chaude, et les cheveux graisseux le tabac froid. Au milieu d'étrangers silencieux en pantalon de jogging qui précèdent leur femme. Pia ne veut pas faire partie de cette humanité-là, qui se débat pour survivre, elle ne veut rien avoir à faire avec eux, mais continuer à ignorer leur existence. Elle sort le plus vite possible du tram qui les rassemble dans l'humidité fumante des jours de pluie.

Elle a grincé des dents en quittant le garage. Dans son monde, ce SUV était un emblème. Au coin de la rue déjà, pourtant, un allègement, une impression paradoxale de liberté la traversent qu'elle ne comprend pas. La voiture, c'est l'indépendance qu'elle ne pourra plus s'offrir. Mais ce sont aussi des frais, des soucis qu'elle n'aura plus. Et autre chose qu'elle discerne mal, un sentiment très fugace de délivrance. Peut-être le dernier poids de la vie d'avant qui tombe, avec un bruit de feuille morte, le choc du corps d'Henri contre la carrosserie.

À la supérette du quartier, elle épluche le ticket de caisse pour savoir ce qui a coûté si cher. Rien. Rien n'a coûté cher. C'est seulement le total de beaucoup de petites sommes qui semble élevé. Pourtant, elle n'a acheté que l'indispensable. Les gens près de leurs sous lui faisaient horreur. Elle trouvait qu'ils exagéraient, qu'ils pourraient se lâcher un peu, qu'ils étaient pingres. Rien de plus vulgaire que ceux-là, qui portent des sacs moches en simili, qui se nourrissent de légumes espagnols forcés sous serre. Par éclairs, elle commence à comprendre. Ce que ça fait de n'avoir pas assez pour ne pas compter, devoir évaluer ce qui est vraiment nécessaire ou pourrait ne plus l'être. Pia Bleu tremble en ouvrant des factures pour la première fois de sa vie.

En rentrant dans sa maison vide, elle respire un grand coup. Maintenant, elle est nettoyée par une tempête. Évidée, dévastée mais aussi désencombrée. De quoi ? Elle ne le sait pas. D'objets qui la possédaient, peut-être. Mais aussi de la tension qu'elle s'est imposée depuis des années pour demeurer dans la perfection, dans l'excellence, n'être dépassée par rien, jamais. Il ne lui reste plus que ce qu'elle est. En écho à ce qu'elle est, les papiers peints malades ; en écho, ses pas sur les marches en pierre, sur les parquets bruyants.

Avant, il lui fallait de la musique de fond, des parfums d'intérieur, fleur de coton, bâtonnets plongés dans des flacons. Méfiance de la nature, des rampants, des froissements d'ailes, des bêtes velues, de l'herbe grouillante, de l'eau qui engloutit, de l'eau mouvante, surtout, insupportable, et de la neige collante. Avant, elle ne supportait pas les planchers élastiques et grinçants. Il lui fallait un sol en béton solide, des prises électriques partout, un aspirateur dans la cloison, une cuisine ultramoderne équipée comme un laboratoire, la lumière dans les dressings et un chauffe-serviette brûlant dès l'aube dans la salle de bains. Du propre, du neuf, du fonctionnel, du clair. Rien qui puisse ressembler à l'arrière-boutique de la mercerie de sa mère, à la petite maison où elle a grandi, à ses odeurs de graillon, aux murs douteux. Elle regrette amèrement son appartement insonorisé, son ascenseur jusqu'au garage, isolé du monde, du chaud, du froid, et impeccable, en butte à une affreuse maison de ville cabossée, bruyante, sombre et vieille.

Elle apprend à s'accommoder du silence. Sa chaîne stéréo suisse a été vendue. Elle achète une petite radio qui grésille dans la cuisine, qu'elle finit par couper, sauf pour les informations et une émission tard le soir, une voix d'homme qui raconte ce que nous sommes, ce que c'est que d'être en vie, de quoi nous sommes traversés, l'inquiétude d'être au monde, les profondeurs qui nous constituent. Ce sont des mots et des concepts nouveaux pour elle, qui rencontrent une soif. Un baume, un soulagement d'entendre quelqu'un expliquer simplement les mouvements de l'être. On dirait qu'il connaît intimement le fonctionnement de l'âme humaine, sa noirceur, ses élans, sa pauvreté, sa richesse, sans juger. « Comme si nous n'étions pas des îles, se dit-elle, écrasés par notre insularité, écrasés d'obligation de survie sur notre petit bout de terre, entourés d'eau froide et guettés par les requins, mais au contraire liés, tous issus de la grande pâte humaine, tous munis de bronches pour respirer et de lèvres pour sourire, de larmes pour chasser les miasmes et de mains pour les poser sur nos joues et nous pardonner à nous-mêmes d'être aussi mal vivants. »

Elle s'équipe aussi d'un grand loup pour nettoyer les toiles d'araignée cachées dans les coins, lourdes de poussière et embusquées au-dessus de sa tête dans les pièces côté jardin.

Pia se défait. Elle lutte contre ce qu'elle était, puisque ce qu'elle était ne lui a apporté que la ruine. Par où commencer ? Doit-on se détester quand on veut s'extraire d'un mauvais pas ? Changer ? Changer quoi ? S'inventer autrement ? S'habiller autrement ? Penser comment ? Ses vêtements s'abîment, elle n'a pas de quoi en racheter, ça lui devient égal. Sauf les chaussures, qu'elle a toujours fait ressemeler jusqu'à l'extrême. Il n'y a plus personne à impressionner, plus personne pour l'admirer, envers qui faire bonne figure, à qui montrer la digne femme de mari, la professionnelle accomplie, la fille exemplaire. La fée du logis a été tuée. Les semaines qui passent la dépouillent, non sans accès de rage, du désir d'être enviée. Et, doucement, le besoin s'efface de remplir à ras bord toutes les heures de quelque chose d'utile, d'efficace, d'être sans arrêt active sous peine de s'en vouloir. « Il n'y a que les gens ennuyeux qui s'ennuient, répétait sa mère, occupe-toi intelligemment. Viens m'aider. Travaille. »

Elle prend conscience un matin de ses agacements envers la matière, le temps, les autres. De son impatience. De sa tension permanente. Ce qu'elle confondait avec l'énergie. Le temps toujours contraint, serré, même maintenant qu'il est distendu devant elle. Peut-être ses petites batailles mesquines et constantes n'étaient-elles pas indispensables, rien que du bruit pour qu'elle se sente vivre. Par peur de disparaître aux yeux des autres, en affirmant sans cesse sa prévalence par ses goûts, sa capacité à vaincre, à être efficace, à être belle, les cuisses fermes, les cheveux soignés, la peau surtout, la peau du visage fine et lumineuse grâce aux crèmes les plus chères et aux soins en institut. « On ne va pas se laisser aller, quand même », disait sa mère.

Désormais, elle s'efforce de ralentir ses mouvements, d'être attentive à ne pas entrechoquer les objets. Elle bouge sans brusquerie. Pose les assiettes avec délicatesse, mange sans faire tinter les couverts, ferme les portes silencieusement. Pour s'essayer à la discrétion, à la souplesse. Son espace intérieur s'agrandit, elle ose s'y trouver bien. L'enfermement élague Pia de la terreur d'être enfermée, rejetée, abandonnée. D'être jugée, dépiautée, ridiculisée. Elle ne se maquille presque plus, renonce à l'esthéticienne. Mais pas au coiffeur.

Au marché, puisqu'elle doit comparer les prix, elle commence à prendre le temps de contempler les étals au lieu de se jeter avidement sur les produits les plus chers qu'elle ne peut plus s'offrir, et de filer vers des horizons cossus. Elle évite quand même les heures où elle pourrait croiser ses anciennes connaissances qui l'obligeraient à se raconter, n'y va jamais avant onze heures, car ces femmes se lèvent tôt. Elle se cache si elle discerne une silhouette familière. Elle fait la queue derrière les autres en ravalant son impatience, détaille les poissons, les crustacés, les herbes aromatiques, les légumes des producteurs, les bouquets de fleurs ou les produits italiens hors de prix qu'elle adorait. Elle dévisage ses contemporains qui n'ont pas l'air de souffrir. Qui sont si nombreux à déambuler, à remplir des cabas, à siffler un petit blanc, nombreux et contents de leur sort, pourtant pas tellement enviable, de travailleurs mal payés, mais contents d'être vivants. Quelquefois, un accordéoniste s'assied contre le mur extérieur dans un rayon de lumière et sa musique est si nostalgique qu'elle remue Pia jusqu'aux yeux. Elle traîne alors et, pour continuer à l'entendre, achète des acras de morue au stand de Sally, jamais avare d'un beau sourire, se brûle volontiers les doigts en marchant vers l'arrêt de bus.

Au soleil revenu de l'été, elle se saisit d'une chaise et la descend dans le jardinet pour lire. Elle se tient auprès d'un grand laurier-sauce taillé à la serpe qui fait de son mieux pour procurer de l'ombre toute l'année. La pure présence de ce pauvre arbre des villes émaillé d'oiseaux la soulage, alors que son écorce grise et ses racines énormes ne trouvaient pas grâce à ses yeux.

Autrefois, elle lisait très peu de fiction. Elle ne s'autorisait pas l'abandon, les histoires ne lui semblaient pas vraisemblables. Maintenant, elle y débusque avec surprise un plaisir nouveau. Ça ne regarde personne, ce plaisir coupable qu'elle prend à lire. « À ne rien faire », aurait dit son père. Elle prend sur les étagères de la chambre un livre au hasard, ou le roman d'un auteur dont elle aura vaguement croisé le nom pendant ses études, à la radio ou à la télé.

La puissance d'évocation de la littérature la laisse étourdie. Mais, pour la première fois, elle ne rejette pas ce gouffre qui s'ouvre devant elle, grouillant du monde des autres, fourmillant de destins, de pays et d'émotions. Elle ne se sent plus autant exclue, ignare, étrangère aux récits.

Elle décide de dégager un espace pour y mettre les livres qu'elle a aimés et de jeter les autres. Sur la page de garde du roman qu'elle tient entre ses mains, un prénom au crayon : *Mélanie*, et une date : *mars 1995*. Elle en ouvre un ou deux autres : même prénom, dates différentes. Elle les a classés par ordre alphabétique d'auteur et par genre. Cette femme a passé sa vie à lire. Pourquoi ne les a-t-elle pas emportés ? Parmi les beaux livres, surtout de la peinture, depuis les cavernes et les fresques des villas romaines jusqu'à des monographies de Francis Bacon, Lucian Freud et d'autres peintres dont Pia n'avait jamais entendu parler. Parmi les essais, des ouvrages sur le bouddhisme zen sôtô qu'elle feuillette souvent, grappillant ici et là des phrases qu'elle souligne en noir et qui résonnent longtemps dans la maison vide. *(Veiller sur sa colère et, avec un soin affectueux, la réconforter.)*

L'automne s'installe et aucune perspective de travail ne se dessine, aucun entretien sérieux. Les propositions qu'on lui fait sont absurdes. Si elle les accepte, elle ne pourra jamais retrouver son niveau de responsabilité d'avant. Pia doit vivre avec le minimum, ne chauffe presque pas les pièces, porte des pulls et des écharpes à l'intérieur. Parfois, elle va s'asseoir sur le lit de l'homme disparu et respire simplement sa douce et vive présence. Elle sort de la pièce aux volets toujours clos avec une légèreté nouvelle, une confiance en elle retrouvée, presque une envie d'aimer.

Quand la colère la prend dans le silence, quand le fantôme d'Henri, son visage couvert de sang, son dernier soupir interminable deviennent trop présents, elle se décide à courir sur les trottoirs. Par un jour venteux, gris et sombre, de rage elle arrache les papiers peints dans le couloir. Ils s'écroulent dans un nuage de poussière. Elle aspire le plâtre qui se détache sous les lais, frotte les plinthes, lessive les planchers. Puis continue dans toutes les pièces du rez-de-chaussée. Tirer sur les bandes sèches de papier qui se décrochent, quel soulagement, jeter ces fleurs pourries à la poubelle, quelle joie, mouiller le mur à l'éponge, gratter à la spatule ce qui reste collé, enlever la vieille peau craquelée de ce mausolée ! Mettre à nu la chair triste, le plâtre écorné que la poussière a grisé, la vérité brute de cette maison, lui prend plusieurs jours de travail.

Elle s'habitue au bruit de son propre souffle. Elle rêve parfois de tentures de chintz bleu pâle, de lustres en cristal sous des poutres gris perle qui en jetteraient plein la vue à ces parvenus qu'elle connaissait. Elle se sent abandonnée, mais personne ne lui manque.

Pia rentre un matin dans sa maison froide striée de longues traces désolantes. Le temps pluvieux ne donne pas envie d'arpenter la ville. Puisqu'elle ne peut plus rien dépenser, elle ne sort plus, sauf le dimanche parfois avec Pascale, qui l'invite le plus souvent. Au fond du jardin, petit arpent sans charme entre des murs dont le crépi est tombé il y a bien longtemps, laissant à nu les parpaings, se dresse un cabanon en bois. Elle ne l'a pas encore exploré, car sa porte est verrouillée. Il reste sur le trousseau de la maison quelques clefs dont elle ne connaît pas la destination. Elle les essaie sur la porte ajourée. L'une d'elles fonctionne. Du matériel de jardin rouillé et des pots de peinture inentamés en grande quantité s'empilent en vrac, de différentes teintes, ainsi que des pinceaux neufs.

« Oh ! Un trésor », pense-t-elle.

17.

Un chant d'amour

En face d'un tableau au musée des Beaux-Arts se trouve un banc sous une fenêtre où Pascale et Pia sont assises. Ce dimanche encore, elles ont trouvé un accord de teintes qui les invite à respirer dans un équilibre délicat, une tension parfaite et discrète qui les émeut. Pascale, de semaine en semaine, lui raconte la peinture et la couleur, ses peintres et leurs palettes. Elle emmène Pia d'un bout à l'autre du musée, s'arrête devant l'une ou l'autre toile et donne l'écho de ce qu'elle y voit, c'est-à-dire tout ce que Pia ne discerne jamais, les secrets de fabrication, la composition, les repentirs, le métier. Pia l'écoute avec émotion. Depuis longtemps touchée par la couleur à cause de son nom, elle la voit partout dans la vie, mais pas de cette façon, dans ses nuances ourdies de la main d'un homme, dans l'historique de la matière qui a fabriqué la couleur, pierres écrasées, fleurs macérées, pigments antiques, alchimie et orfèvrerie. La rencontre avec une toile aperçue dans les livres d'art que Mélanie a laissés dans la maison et qui surgit soudain devant ses yeux lui procure une joie inconnue, comme une personne aimée que l'on croise dans la rue et qu'on a plaisir à prendre dans ses bras.

Pascale la regarde s'émerveiller, et s'émerveille à son tour. La semaine est longue à compter les heures avant de la retrouver, à supporter la douleur de celle qu'elle va quitter, qui le sent et tente de toutes ses forces de la garder. La voix de Pia au téléphone restant sur ses gardes, Pascale la perçoit et elle n'appelle pas souvent, lui donne rendez-vous en ville, chaque fois dans un lieu que Pia ne connaît pas, qu'elle découvre, surprise, avec plaisir. Elle a compris très vite qu'il ne fallait pas poser de questions concernant Henri ou son mariage, elle observe seulement Pia s'ouvrir, son rire devenir plus franc, plus fréquent. Sur ce banc, la rêverie vient aux lèvres de Pia devant le tableau ancien. Elle dépeint la scène. Pascale entend de quelle manière se peuple son monde, comment il s'est peuplé autrefois et comment elle s'efforce maintenant de retrouver les sensations de l'enfance et de l'adolescence, avant que quelque chose se referme, se durcisse. Pia déroule les anecdotes qu'elle imagine dans les peintures avec l'aplomb de quelqu'un qui sait de quoi elle parle (elle racontait le matin à son père des histoires invraisemblables pour le faire rire, brodant sur ses rêves de la nuit). Selon la position des personnages, leur regard, leur costume, elle explique à la femme assise à ses côtés leur vie, leurs motivations, leurs amours, leurs pertes, avec une grande liberté de ton, une perspicacité et un sens du détail qui forcent l'admiration de Pascale. Elle se demande comment fait Pia pour puiser autant de savoir sur les êtres humains dans ses monologues poétiques et en connaître aussi peu sur elle-même. Elle sait qu'au restaurant du musée, tout à l'heure, la lumière dans ses yeux fanera doucement quand elle reprendra contenance, touchant terre, se recomposant dans la Pia adulte, maîtresse et méfiante de soi, prudente avec les autres, et triste.

Mais ce dimanche-là, en attendant le plat chaud commandé, Pia s'adresse à Pascale pour la première fois avec gêne, et c'est cette émotion qui saisit l'infirmière comme un premier aveu lorsque Pia lui décrit les nombreux pots de peinture abandonnés dans la cabane du jardin et lui propose de venir les voir, car elle va sans doute repeindre les murs de la vieille maison. Si Pascale voulait bien l'aider à choisir les couleurs ?

C'est une invitation à entrer dans son paysage qui fait frémir Pascale, et cette fois elle ne retient pas sa main, la laisse se poser sur celle de son amie, ses yeux se remplir de reconnaissance et sourit, accepte d'une voix tremblée, retrouve dans le regard de Pia la même émotion. Elle viendra, bien sûr, et elle aidera à peindre si besoin, elle aime ça, passer l'enduit sur les vieux plâtres, le tirer à la perfection et, quand il est sec et poncé, sentir la teinte sourdre du rouleau en mouvement pour recomposer le monde dans une dimension neuve, recouvrir l'ancien sans l'anéantir, ouvrir une autre page sur un avenir vierge. Elle aime l'odeur du white spirit, celle des peintures acryliques, elle aime presser longuement les poils de pinceau sous l'eau froide jusqu'à ce que la couleur se dilue en filet dans le lavabo.

Elle entrera dans la maison de location dont Pia ne lui a rien dit sinon qu'elle est grosse, vieille, moche et vide, le refuge caché de cette femme qui se refuse depuis des mois à partager un peu d'intimité et qui ouvre enfin la porte d'un lieu qu'elle n'aime pas, elle qui craint certainement plus que tout le regard critique d'une visiteuse.

Oui, bien sûr, elle viendra. Quand ?

18.

Chant de Fanny

Chez Simone, on ne poussait pas la porte par hasard. Fanny Tain avait suivi le sillage de Stan, un homme dans la quarantaine au teint très mat, petit, le dos un peu courbé, un grand sourire en travers de sa tête ronde, amical et direct. Stan tenait un motel dans une zone industrielle au sud de la ville. Les couples illégitimes y trouvaient refuge. Quand un client, au moment de louer une chambre, lui avait demandé s'il souhaitait se joindre à eux, il avait accepté sans hésiter, croyant à peine à sa chance. Puis il avait compris qu'il pouvait suggérer à demi-mot sa présence aux nouveaux arrivants. Il fermait alors l'hôtel et, tout en souriant jusqu'aux oreilles, apportait son concours au plaisir des femmes de passage. Un de ces couples l'avait emmené un jour aux Champs captants, et Stan avait été conquis. Tant de chaleur et de savoir-vivre conféraient à sa petite existence d'homme divorcé, attelé au mouvement perpétuel qu'était son hôtel, une dimension magique.

Fanny vivait de petits boulots. Elle remplaçait les ATSEM dans les écoles, secondait une maraîchère dans ses serres et au marché en échange de légumes, étrillait les chevaux du manège le samedi, servait parfois au restaurant du village pour les grandes occasions, rendait visite aux vieux isolés pour leur livrer le déjeuner et restait l'après-midi à rire avec eux. Elle chantait dans un chœur local dont les chansons populaires pouvaient être lestes. Une fois par an, ils montaient un spectacle, Fanny tenait le micro et tremblait dans sa minijupe, la voix serrée, impressionnée par la présence du public. Elle avait suivi une formation d'assistante médicale et exercé pendant des années, puis avait démissionné quand un médecin lui avait fait des avances pressantes. Depuis, elle laissait la vie la porter, et la vie la portait. Divorcée de son amour de jeunesse, les trois enfants sur des rails, elle se promenait sur les sites de rencontre comme une écolière entre les bocaux d'un magasin de bonbons. En découvrant le plaisir à l'approche de la quarantaine, elle s'effrayait d'être passée si longtemps au large d'une dimension essentielle de l'existence et regrettait le temps perdu au lit avec ce gentil garçon qu'elle avait épousé à vingt ans. Il aurait fallu des heures de caresses pour qu'elle effleure la jouissance, pour qu'elle ait envie de lui, qu'il apprenne à se servir de ses doigts, de sa langue, qu'il apprenne à attendre. Il n'avait pas appris.

Fanny aimait les hommes avec de bonnes manières. Elle espérait qu'au lit ils sauraient être respectueux.

Dominique l'avait émue tout de suite, ses photos et sa façon extrêmement précise de s'exprimer en ligne, puis sa voix enjouée au téléphone, et enfin son mélange d'audace et de timidité au café de la Fosse aux ours. Sa grande taille quand elle lui avait fait la bise devant le café lui avait plu, ainsi que cette fraîcheur d'abeille respectable qui émanait de son manteau. Il lui avait parlé de son père, mort quand il était adolescent, de la difficulté d'être élevé par sa mère dans une petite ville. Dominique savourait la façon dont Fanny s'exprimait par écrit, très nettement, avec pertinence et spontanéité. Ses yeux en amande et ses rondeurs l'avaient attendri, et, lorsqu'il l'entendit rire pour la première fois au café, il chavira. À la fin du dîner au restaurant, elle avait eu envie de lui. Le site sur lequel ils avaient fait connaissance avait pour mérite de ne pas laisser d'ambiguïté. On offrait une chance au désir, il venait ou il ne venait pas. Ils se sont donné rendez-vous quelquefois au motel de Stan, puis, quand il a été évident qu'ils allaient souvent se revoir, chez elle, un petit appartement carrelé de blanc, une chambre où flottaient des drapeaux de prière tibétains entre des portraits romantiques achetés dans des magasins de décoration. Fanny, en toute complicité, lui dévoilait les frasques des hommes choisis avec soin qu'elle acceptait le cœur léger, amusée, en petite fille qui sait que ses bêtises ne sont pas graves et que le mercredi vient seulement de commencer. Sur la pointe des pieds, elle avançait dans sa nouvelle vie, gracieuse, enjouée, débutante, mais jamais naïve. Elle ne tomberait pas amoureuse d'un homme marié, même si elle se lovait contre son grand corps et caressait longuement les poils de son torse en parlant, reconnaissante de cette amitié de la chair, étonnée de tant de sollicitude, de tendresse, de générosité, surprise des confidences qui ne manquaient pas de suivre les moments attendus, pleine d'appétit pour les mains et les yeux qui se tendaient vers elle avec délicatesse, chacun à sa façon.

Le corps de Dominique sentait le poivre. Fanny reniflait les draps après son départ, suivant la piste de leur nuit. Son manteau et sa cage d'escalier racontaient l'encaustique et le girofle, à cause de la cire dont sa femme enduisait amoureusement les planchers et du cabinet de dentiste au premier étage. Quand elle fourrait sa tête dans le col de Dominique, son ventre se serrait d'émotion comme au premier jour. Elle savait qu'il était marié et n'envisageait pas de divorcer, mais elle se sentait en sécurité auprès de lui. Au lit, ils conversaient longuement. Dominique, ingénieur, plus âgé, avait grandi en Afrique du Nord, épousé une Italienne, vécu à l'étranger, connaissait bien des choses.

Au motel, Dominique lui avait présenté Stan. Ils avaient bu un verre, plaisanté et le courant était passé. Quand Dominique lui donnait rendez-vous au motel, Fanny arrivait en avance. Stan l'embrassait et la caressait sur le canapé de son office, derrière le comptoir. Dominique n'en savait rien, il la trouvait seulement surexcitée et moussante de rire. Il prenait pour lui sa ferveur.

Stan se faisait remplacer à l'hôtel le soir de temps en temps et ne venait chez Simone, aux Champs captants, qu'avec une chic fille. Quelqu'un qui saurait chanter, au besoin, quelqu'un de joyeux et de généreux. Fanny avait tout de suite accepté.

Ce soir-là, elle portait une robe noire échancrée jusqu'au ventre qui couvrait ses seins lourds sans les cacher. Une grande douceur émanait de ses formes rondes. Ses cheveux courts rebiquaient dans son cou, affinaient son visage triangulaire, ajoutaient à l'éclat de ses yeux et mettaient en valeur ses deux fossettes, celle de gauche arrondie et creuse, celle de droite longue et étroite. Elle buvait du champagne, pas trop, juste assez pour avoir les joues flamboyantes, l'œil prêt à tout et les gestes lents.

Fanny a vu entrer Henri. Leurs yeux se sont croisés et s'attardèrent quelques secondes sur le nouveau visage, avec l'insistance que l'on ose porter sur quelqu'un que l'on croit reconnaître.

Henri, tout à fait désarçonné, a voulu Fanny férocement dès ce premier regard. Il l'a progressivement encerclée de ses attentions, d'anecdotes, notant chacune de ses réactions pour abonder dans son sens, plus tard dans la soirée et plus tard dans le mois, plus tard dans l'année et dans les années qui ont suivi. Ce soir-là, aux Champs captants, Fanny Tain lui est devenue indispensable. Elle semblait ne faire qu'une avec la maison qui vibrionnait autour d'elle, avec les fleurs grimpantes à l'assaut des murs tricentenaires, avec les portes de chêne et les glaces à trumeau, quelque chose d'infiniment ancien, d'éternel dans son port de tête, dans la forme de ses seins, dans la façon qu'elle avait de se caler au fond de sa chaise, de verser le vin, de rire à contretemps, de se laisser aller en arrière contre l'épaule de Stan, de ramasser son écharpe, de demander à boire de sa voix un peu grave.

« Ça alors, moi aussi ! » disait-elle, sans comprendre qu'elle avait donné assez de pistes pour être devinée. Henri voulait qu'elle se sente proche de lui, qu'elle les croie semblables. Qu'elle l'aime de lui ressembler. Il lui aurait promis la lune, il voulait sans le montrer éclipser tous les Stan de la planète et qu'elle n'ait de cesse de le revoir.

Elle s'est sentie proche de lui. Dans un premier temps, elle s'est crue semblable à lui. Elle l'a aimé de lui ressembler.

19.

Chant de Simone

Élégante dans son long kimono de soie noire brodé de fleurs rouges, Simone s'assit en fin de soirée dans une alcôve avec Henri pour lui faire part de ses soucis. Elle avait passé l'âge où, malgré la nostalgie et grâce à un peu de fatalisme, les femmes acceptent de n'être plus désirées, quand leur corps brûle encore, plus sûrement que dans les années où la minceur et la jeunesse leur tenaient lieu de beauté. Elle ne recherchait pas les faveurs d'Henri, qui avait presque son âge ; elle l'aurait mis facilement dans son lit à l'occasion. Pour l'heure, elle avait besoin de conseils.

La maîtresse des lieux lui fit d'abord part d'une bonne nouvelle : après avoir été observé, écouté, après qu'elle eut recueilli des convives quelques impressions sur le nouveau venu, particulièrement auprès de Fanny, qui avait passé du temps avec lui et gardait les yeux brillants, il avait été unanimement déclaré bienvenu. Simone se proposa de lui expliquer comment retrouver plus facilement le chemin des Champs captants, s'il le souhaitait, et lui donna son numéro de téléphone.

Henri apprit ainsi que la longue approche périlleuse qui avait été la sienne ce soir-là était réservée aux nouveaux venus, mais que, s'il voulait revenir sans son collègue, maintenant qu'il était initié et adoubé, il pouvait emprunter un chemin beaucoup moins malaisé via le bas des piles du grand pont de la rocade nord, où se cache un accès, et profiter des passages à heures fixes vers la Folie. On aimait bien le collègue Robert, mais à petites doses.

Peu de financiers passaient la porte de sa Folie, raconta Simone, et peu revenaient, leur gaieté et leur sensualité n'emportant pas souvent les suffrages. Or voici l'histoire, pour qu'Henri se figure comment il pourrait être utile. Les cent quatorze puits des Champs captants suscitaient constamment l'avidité d'entreprises privées, contenue par la régie municipale toutes ces années, pour qui l'eau alluviale abreuvant la population depuis deux mille ans constituait une ressource publique inaliénable. Un gros chèque et quelques promesses avaient finalement eu raison des scrupules républicains. L'eau avait changé de main, elle avait été privatisée, n'appartenait plus aux êtres humains de ce pays dans leur ensemble, mais aux seuls actionnaires, dont on ne sait pas de quoi ils sont faits. Un pont était en construction pour l'accès des bulldozers à l'île merveilleuse, puisqu'ils voulaient édifier un nouveau bâtiment d'exploitation de cette eau divine, ce bien commun – qui n'était pas la même eau que buvaient les Romains, mais provenait du même fleuve. La Folie était en grand danger. Est-ce qu'Henri et ses amis pourraient faire quelque chose ?

« Les associations de défense de la nature ont déterré la hache de guerre, expliqua Simone en sirotant son verre. Il y a de quoi, faut vous dire. Des animaux migrateurs passent ici, c'est un lieu de transhumance. Des canards fabuleux, des oiseaux inouïs, les hirondelles les plus rares, des oies grises, celles qui ont les yeux bleus et cet air très digne, très vigilant, vous voyez. Oui. Un air de liberté digne et sauvage, on dirait. Et puis des cerfs, des sangliers, des daims, des loutres, des blaireaux et même quelques familles de belettes, j'en ai vu autour de la maison. Des animaux venus autrefois, par le vieux pont, m'a dit le garde. Des castors, aussi. Ils s'approchent de nous sans crainte, personne ne leur a jamais fait de mal sur cette île. Ils n'aiment pas beaucoup les hommes, mais ils n'en ont pas peur. Et beaucoup d'oiseaux. Des grèbes huppés, des pics-verts, des pics épeiches, des cormorans, des martins-pêcheurs, c'est tellement vivant ici !

« Notre présence est tolérée, continua Simone avec un sourire en coin qui souleva un bon rire chez Henri. Georges Clemenceau disait que "la tolérance, il y a des maisons pour ça". Il ne se doutait pas à quel point il aurait raison chez nous. Nous ne sommes intolérants qu'à la bêtise, à la vulgarité et à la médiocrité. Ça fait un peu snob, non ? Pas d'autre critère pour se faire de nouveaux amis.

Nous avons quelques complices bien placés, tant que nous sommes invisibles ou, à tout le moins, discrets. Le secret est un sport très pratiqué dans cette ville, comme vous le savez, et pour notre plus grand plaisir.

— Mais que vont-ils faire de cette maison ? demanda Henri.

— Ils réfléchissent, si j'ai bien compris, à un centre d'interprétation de la faune et de la flore, histoire de crédibiliser leur proposition. Si je vendais, la commune pourrait préempter en invoquant l'intérêt général. Ils nous la mettraient aux normes administratives ! Et que je te colle des dalles de polystyrène ignifugé sur les moulures des plafonds, du lino beige imitation bois sur le parquet Versailles, de la moquette sur les murs des chambres transformées en bureaux avec des néons, des blocs de lumière verte au-dessus de la seule porte d'entrée dans le grand hall pour indiquer aux malcomprenants où est la sortie ! Et des grilles caddie pour accrocher les photos des espèces rares qu'ils auront réussi à faire fuir avec leur foutu pont ! Et un ascenseur en plein milieu ! Vous imaginez cette horreur ? Je ne dis pas qu'il faudrait un architecte à la mode qui installerait des lumières topaze dans les marches de l'escalier, imposerait du mobilier italien hors de prix et des lambris gris béton, je dis que cette maison ne doit pas être touchée. C'est une vieille jeune fille, elle est sensible, vivante, délicate.

— C'est pour ça que vous l'aimez, dit Henri, elle vous ressemble.

— Ne flagornez pas, sourit Simone. Je cherche un moyen de lui faire passer les siècles intacte. Tant pis si nous devons partir, tant pis. La région ne manque pas de jolies demeures où nous pourrions poursuivre ce que nous faisons dans l'esprit qui est le nôtre. Ou alors on arrête tout. On y pense, ça n'est pas impossible. Mais cette maison, Henri, c'est un trésor dont vous n'avez pas idée. C'est pour elle que je plaide. »

Simone soupira et leur servit un verre de champagne. Les musiciens posèrent leurs instruments. Elle baissa la voix.

« Henri, je tiens les murs depuis vingt ans, je commence à fatiguer. Quand je suis arrivée avec mon amoureux, la maison menaçait ruine. Elle a trois cents ans, tout de même. Peu de gens connaissaient son existence, elle était bien cachée, elle n'a pas été vandalisée. Le gardien des puits, il est armé, vous savez, c'est sensible, ici. Sa présence a découragé bien des intrus. On aurait dit que les bêtes, je vous assure, que les bêtes montaient la garde avec lui ! Elles ne laissaient pas entrer n'importe qui. Vous auriez dû les voir, les chevreuils, les cerfs, les sangliers, nous observer, nous encercler quasi, puis reculer et nous laisser la voie libre jusqu'à la porte d'entrée. Je vous jure, Henri, c'est vrai, et c'est une des choses étonnantes de ce lieu. Revenez en journée, vous pourrez peut-être y assister.

« Nous avons découvert et visité une demeure vibrante. Pourtant, les maisons vides depuis longtemps n'émettent plus habituellement cette énergie imprégnée de l'époque contemporaine que l'on sent dans les maisons habitées, entretenues. Elle n'était pas humide. Les chambres avaient l'air d'avoir été abandonnées le matin même en l'état, draps froissés, rubans oubliés sur les tables de nuit, traces de talons dans les tapis. On a craqué, on a changé de vie pour elle, pour cette maison. Elle nous appelait.

« Je vous raconte tout ça, Henri, parce que vous avez l'air de quelqu'un de sensé qui ne croit pas à ces balivernes de sorcières. Pourtant, je suis sûre que vous êtes sensible à d'autres façons de percevoir que celles que nous proposent nos pauvres sens atrophiés.

— Bah, dit Henri en fronçant les sourcils, je suis un financier, comme vous l'avez dit. Tous ces trucs-là, moi, je ne suis pas sûr de comprendre – mais oui, sensible, oui.

— C'est important si vous voulez savoir où vous vous trouvez et pourquoi il faut absolument que cette maison reste comme elle est. Nous avons fait à l'époque de gros travaux de rénovation avec mon chéri, bien sûr, l'étanchéité, l'isolation, la plomberie, l'électricité, la cuisine, les salles de bains… Ça aurait vraiment besoin d'être mis au goût du jour, maintenant. Les normes ont changé. Nous n'avons pas demandé son inscription à l'inventaire supplémentaire des monuments historiques, alors qu'on aurait pu recevoir une aide de l'État, pour rester libres de garder un niveau de confort à notre guise, aménager une chaufferie dans l'appentis, une buanderie dans les communs, tout ça. Le double vitrage sur la façade arrière, les gouttières, ils n'auraient pas voulu, et puis je ne veux pas de visiteurs, pas de curieux. Ce qui se passe ici ne regarde personne, vous pensez bien. Qu'est-ce qu'ils seraient allés fourrer leur nez dans nos affaires ? »

Simone ricana légèrement, vida son verre, s'en servit un autre, sans oublier celui d'Henri.

« Il y a des choses que j'ai du mal à expliquer même à un bon écouteur comme vous, Henri, alors à un fonctionnaire tatillon, vous imaginez comment ça pourrait finir. Nous avons été très prudents, on ne peut nous reprocher aucun manquement à la sécurité de nos hôtes. Même la petite balade en barque, c'est pas nous. »

Henri haussa les sourcils.

« Dans ce métier, mon cher, continua Simone, il vaut mieux avoir des amis. Ce sont les derniers braconniers du coin. Un échange de bons procédés, sourit-elle. Et très physionomistes, avec ça. Je ne prétends pas que certains gaziers fâcheux ont fini au fond de l'eau, mais je me suis laissé dire que quelques-uns n'ont jamais trouvé la maison ! »

Son rire toucha Henri par sa tristesse.

« Qu'est-ce que je peux faire pour vous, Simone ?

— Intéressez des investisseurs. C'est bien votre métier, n'est-ce pas ? Je ne vous cache pas que ça n'est plus trop rentable en l'état. Les gens veulent du sauna, du hammam, du jacuzzi, sans parler de l'accessibilité. La maison ne s'y prête pas vraiment, mais on pourrait imaginer quelque chose dans les communs.

— Ça n'est pas l'eau qui manque, sourit Henri.

— Voilà. Et si ça ne fonctionne pas, parce que la maison est dans un espace public – même si l'île est interdite au public ! – et que le montage juridique risque d'être compliqué, trouvez un acheteur. Je peux vendre, vous savez, mais pas à n'importe qui. Et il faudra compter avec du graissage de pattes. Je vous sers autre chose ? »

Elle fit un signe au jeune serveur, qui apporta bientôt une bouteille de champagne fraîche dans un seau. Une femme asiatique au visage de madone passa près d'eux, un châle en cachemire découvrant des épaules fines et pleines, des bretelles de satin noir frémissant sur ses clavicules.

« Et puis laissez-moi vous dire de quelle façon nous tenons cette maison, ajouta Simone, encouragée par les regards d'Henri.

« Les femmes très belles, par exemple Li-Wei que voici, se planquent par habitude derrière leur beauté. Nous les consolons d'être belles, du fardeau que c'est dans un monde tout entier construit pour le regard des hommes. Elles peuvent enfin s'en débarrasser et sortir de cette gangue où on les enferme. Le regard masculin, Henri, celui avec lequel on fait les pubs, la plupart des films, les scènes d'amour au cinéma (vous avez remarqué, “droit au but et sans les mains”, comme les footballeurs, jamais de clitoris, si possible debout et plié en moins d'une minute), ce regard qui dicte jusqu'à nos mouvements les plus intimes, comment on s'assied, quel rire adopter, comment on se déteste devant le miroir, c'est curieux mais, ici, les hommes ne l'imposent plus. Ils comprennent très vite où ils sont. C'est la maison. Elle filtre.

« Pas de demi-mondaines aux Champs captants, pas de costumes de pute domestique, d'extraterrestre de banlieue, de signes ostentatoires de richesse. On n'a jamais vu de chaussures de chez Louboutin ici. La promenade sur le chemin décourage. Je t'ai dit que nous n'aimons pas ce qui est conventionnel, continua Simone en tutoyant Henri sans ambages. La mode, même hors de prix, mais surtout celle des libertines de supermarché, c'est conventionnel. L'élégance, jamais.

« Donc, le look porte-jarretelles-bas résille-talons aiguilles, y en a marre. C'était mignon au début, quand c'était de la provoc, une façon de casser les codes. Il y a de la lingerie somptueuse, dentelle noire, bas gris fumé, tout le bazar. Mais quand même, c'est un carcan. Les hommes ici bandent pour une épaule dénudée : nous sommes terriblement démodés, mon cher ! Ça n'est pas obligé, les sous-vêtements sexy traditionnels du monde de la nuit. Une jolie culotte blanche en coton peut bouleverser aussi. Pas toujours, tout dépend évidemment de la fille – et de la culotte, tu me diras. Tu crois que Casanova, il voulait dans son lit une gonzesse à moitié motivée sanglée dans de la soie hors de prix ? Tu me ferais rire. Les femmes, ici, tu sais pourquoi elles viennent ? Pour se connaître. On n'en a rien à foutre, des *beautiful people*. Ces gens-là, la beauté, ils en héritent, bien sûr, mais surtout ils l'achètent.

Ils achètent le regard qu'ils veulent sur eux. Ils peuvent se payer des produits, des chirurgiens, acheter le désir des autres. Facile. Et tu crois que c'est beau ? »

Simone cala son dos dans le fauteuil.

« Aux Champs captants, Henri, la beauté n'a pas de prix. Je ne dis pas qu'on est des ploucs mal fringués. Tu as bien vu que nos hôtes sortent leurs beaux atours, toi le premier, les soirées n'en ont que plus de charme. Je dis que la beauté qu'on chérit ici, elle vient de loin, de profond en chacun. Les quiches, les nanas passives qui attendent tout des hommes, les divas, les victimes grincheuses, on n'en veut pas. On ne les revoit jamais.

« On ne vient pas ici pour s'assouvir, cher ami. J'y veille. Ni pour asservir quelqu'un à son plaisir en y mettant les formes. On combat l'esprit de dévoration ; l'autre en tant qu'objet ; l'obligation de jouir, de pénétrer, de jouir en même temps. Pas obligé. Comme en voyage, si on n'y laisse pas un peu de soi, quelque préjugé perdu au passage, une lumière sur ce qu'on est vraiment et qui force à perdre un oripeau, à abandonner une mue sur le chemin comme les serpents, alors il ne s'est rien passé, on a juste consommé. Non ? Autant se coller devant un écran sur son canapé. On donne de sa personne, ici, et on reçoit en échange. Rester intact, c'est un concept mortifère. Je veux que personne, jamais, ne soit utilisé sous ce toit, même si – et on ne se cache pas derrière son petit doigt – on y vient pour le plaisir. Pour en offrir et pour en avoir, pour en prendre. Mais pas aux dépens d'autrui. Avec autrui, très subtile différence qui nous rend humains. Celle qui nous grandit.

« Il y a un avant et un après pour ceux qui ont connu les Champs captants. »

20.

Chant de la couleur

Pascale gravit les trois marches de la maison de ville, appuie sur la sonnette sous laquelle a été scotché un bout de papier avec un seul mot : *Bleu*. La façade est noirâtre, polluée par les camions, éteinte. Des deux maisons jumelles, Pia habite celle dont la porte autrefois était bleue, maintenant délavée, aux côtés de sa voisine autrefois brune et désormais terreuse, noyées dans la poussière de l'avenue qui étouffe les couleurs, dans le gris des murs contre lequel seules les feuilles des arbres parviennent au printemps à lutter.

Ce seul nom sur la sonnette fait bondir son cœur. Il illumine la rue, l'immeuble entier. C'est une incantation, une formule magique destinée à un très petit nombre d'initiés dont elle ferait soudainement partie. Un instant, elle imagine une série de sonnettes portant chacune un nom de couleur différent et elle, Pascale Éridan, aurait choisi celle-ci pour infléchir son destin. Elle aurait choisi Pia et ses boucles noires, Pia et sa nuque délicate, Pia et sa couleur égyptienne ou prussienne, de cobalt, de lapis-lazuli, de profondeur de ciel azur et d'outremer ou de marine, de mystère et de douceur, d'horizon électrique. Elle s'est jetée dans l'espoir d'aimer aux dépens de la femme avec qui elle vivait depuis dix ans, amour de jeunesse devenu une vieille habitude. Puis, du fond de la vieille habitude, une sourde révolte a grondé, l'envie d'aimer de nouveau, d'aimer à la folie, de brûler, de fondre, de désirer a gagné la surface et Pascale, après la rencontre avec Pia à l'hôpital, a sorti ses valises de sous le lit commun. Il était temps pour elle de prendre le large, dans les imprécations, les larmes, les menaces. De casser pour reconstruire. D'abandonner celle qui était son socle. De risquer, de vouloir. D'ouvrir.

Dans sa besace, elle a apporté des vêtements, de l'enduit, des feuilles de papier de verre et des spatules. Aujourd'hui, elles ont décidé de boucher les trous, de préparer les surfaces des pièces dont le papier peint a été arraché et le plâtre lessivé. Pascale a imaginé mille fois la maison dans l'abandon et la déréliction que son amie lui a décrite. Dans sa main gauche, un bouquet d'anémones de toutes les couleurs vives. La porte s'ouvre.

Les vitraux du bout du couloir jettent sur les murs désolés une lueur malade, des traces de mauve qui s'évanouissent, un rouge vinasse, un jaune moisi sous l'ampoule nue. Pia porte un jogging élimé qui a été noir, un léger pull moutarde flotte autour d'elle.

Leur premier sourire trahit l'émotion, l'importance du moment. Elles se frôlent.

Les anémones une fois dans l'eau, Pia la conduit au jardin dans la cabane où passe le soleil par les claires-voies. Les pots de peinture sont entassés au sol sur tout le fond. Ils ne sont pas piqués de rouille. Des pots de deux litres et demi ou de cinq litres, de dix pour certains.

« De la peinture anglaise ! s'exclame Pascale en fouillant. Beaucoup de pigments, elle accroche la lumière, elle change selon l'heure du jour. Une texture pour les murs, et dans la même teinte une autre pour les boiseries, celle-là pour les radiateurs. Les teintes sont harmonieuses aussi, toutes assez mates, des ocres plus ou moins foncés, beaucoup d'ocre rouge, pas éclatant. Du vert pâle, léger, un peu de gris, un peu de bleu pâle. Cet ensemble, cette palette me rappelle… je ne sais pas quoi. On dirait que la maison devait être repeinte dans son intégralité, il y en a beaucoup, beaucoup trop, peut-être. Chaque pièce a été pensée. Quelqu'un a passé des heures à rêver les couleurs de cette maison. Rien n'est banal. On ne trouve pas ces teintes partout. Ils ont voulu bien faire, il y a de la peinture d'apprêt en quantité – celle qu'on met avant, sourit-elle.

— Viens, je nous fais un café. Que faire de ces couleurs ? demande Pia, assise dans la cuisine devant les tasses fumantes. Je n'ai jamais vécu que dans des murs blancs. Ils étaient décorés avec des tableaux plus ou moins gais. Des cadres, comme ils disaient. Ou dans des papiers peints à fleurs ou à rayures, chez mes parents. Ma grand-mère avait du papier peint parsemé de bergères et de moutons sur fond rose pâle dans la chambre où je dormais. Sinon, tout était peint en blanc. Partout.

— J'aurais bien aimé plus de blanc. À l'école, raconte Pascale, les murs étaient séparés en deux, le bas recouvert d'un vert pisseux ou d'un affreux marron qui cloquait, en haut la même chose en délavé. À l'hôpital, c'est le pastel ton sur ton, sauf en pédiatrie. Moi, j'ai beaucoup de mal avec le pastel. En bord de mer, il est revenu en force avec le tourisme. J'ai même rencontré une fille qui s'habillait en bleu et blanc rien que pour passer l'après-midi à Deauville !

— Sans blague ?

— Si. Moi, je préfère la couleur franche. Je l'aime sur les piliers des églises, sur les voitures, ni beiges ni grises, sur les murs d'Alsace et des pays de l'Est. Le crépi beigeasse, ça me fatigue. Le béton brutaliste et son discours, ça m'épuise. J'ai besoin de l'énergie de la couleur. Mais elle a mauvaise réputation. Le clergé, à l'époque, avait décidé que seul le bleu était une couleur "décente". C'est ce qui a fait sa gloire, en partie. Les protestants s'habillaient en noir, mais toléraient le bleu.

— Décente ? La couleur du ciel ? »

Pascale met sa main sur la joue de Pia.

« Parfaitement décente, dit-elle doucement. Tout ce qu'il y a de plus décent. Honnête, même. C'était comment, chez toi ?

— À l'appartement ? Blanc aussi. Je n'aurais jamais osé utiliser une autre couleur chez moi, murmure Pia, intimidée, qui ne sait pas si elle est très honnête et que cet adjectif angoisse avec ce qu'il porte de non-dit, le secret de l'accident qu'elle ne saura pas avouer à Pascale et qui la torture. J'aurais eu peur de vivre avec une présence trop forte, un casse-tête pour harmoniser les objets et les tableaux. »

Le soleil rebondit en petites lames dansantes. Les deux femmes restent un moment en silence. L'inquiétude ne quitte pas les yeux de Pia. Elle lui propose de visiter la maison. Pascale éteint son portable, qui vibre chaque fois qu'elle reçoit un message – plainte, supplication, plainte, haine, promesses. Elle caresse le plâtre des murs des deux grandes pièces du rez-de-chaussée.

« On pourrait faire un ensemble, une déclinaison, si tu veux, avec les couleurs qui te plairont. Peut-être que le propriétaire voudra bien t'installer du double vitrage sur la rue, ça te changerait la vie. Avec un bon éclairage, tu pourrais te servir de cette pièce. Tu le connais ?

— Non, je ne sais pas qui c'est. L'agence sert d'intermédiaire. Il ne veut pas faire de travaux. »

La cuisine leur arrache des soupirs. Les placards en formica jaunasse couvrent les murs salis et gras. Le revêtement plastique imitation carrelage moule les lattes d'un plancher disparu et se craquelle par endroits. La gazinière a connu des jours meilleurs. Seul le frigo de Pia se dresse glorieusement dans le paysage, gris métallique, arrondi, face à la table couverte de dossiers.

« On ne peut rien faire, dit Pia. Il faudrait tout exploser. On m'a bien précisé : c'est loué en l'état. Et je n'ai pas les moyens de racheter des éléments de cuisine. Si tu savais tout ce que j'ai jeté ! Ils n'avaient pas beaucoup d'argent, les derniers occupants. Des meubles décatis en bois d'allumette, en mélaminé écorné, rien de récent. J'imagine que les choses de valeur ont été emportées avant que j'arrive. Étrange qu'ils aient acheté cette belle peinture de luxe, ça ne colle pas avec la maison. »

À l'étage, papier à fleurs dans les deux chambres, parquet apparent, bien entretenu, salle de bains fanée, baignoire à pattes de lion avec une vieille robinetterie.

« Et là ? »

Pascale désigne la chambre fermée de l'autre côté du palier.

« Non », jette Pia malgré elle.

Peut-elle partager avec Pascale l'intimité étrange qui la lie à la présence affectueuse enfermée ici ? Elle redoute de l'effaroucher, de la perdre, qu'elle disparaisse devant l'intruse comme les couleurs des tombeaux égyptiens ouverts pour la première fois depuis des siècles et que les archéologues voyaient, impuissants, s'évaporer dans la lumière du jour. Se méprenant sur le sens de sa réponse, Pascale a déjà ouvert la porte et, machinalement, face à l'obscurité, trouve l'interrupteur, mais rien ne s'allume. Elles sont côte à côte dans l'odeur de renfermé, dans le feulement des voitures de l'avenue. Pascale veut dire quelque chose, demander pourquoi le lit est encore là, sur lequel elle distingue, dans la faible clarté provenant de la porte, le couvre-lit, l'oreiller bombé dessous, pourquoi l'ampoule n'a pas été changée et pourquoi la porte reste fermée.

Pia met un doigt sur ses lèvres.

« Il y a quelqu'un ici qui me rappelle Henri », s'entend-elle murmurer à sa grande surprise.

21.

Chant de la nuit

S'ouvrir comme une voile accueille la brise, dans l'inquiétude. Aller vers les abîmes, sachant qu'il y a un soleil dedans, peut-être un soleil noir, un *fragment de nuit* qui ne la brûlera pas. Peut-être une nuit étoilée aux dimensions de l'univers qu'on voit, brillante et douce sur les plages de l'été. Juste un ailleurs à soi-même, là où on est vraiment. S'enfoncer dans un au-delà du rêve qu'on n'osait pas chercher, qu'on n'osait pas vouloir.

Pascale ne lui lâche pas la main. Pia, guidée, bascule et ne tombe pas. Revenir chez soi sur des contrées interdites, guidées par la tendresse, par l'ancienne connaissance d'un chemin nouveau. Sous les fleurs fanées du papier peint de la chambre de Mélanie, sous la peinture écaillée du plafond et dans le lit luxueux sauvé de la faillite, Pia et Pascale vont à la rencontre l'une de l'autre jusqu'aux larmes. Elles s'effraient d'abord de cette force qui les précipite peau contre peau. Mais le souffle a manqué à Pia tant le plaisir les a arrachées à elles-mêmes. Elle a cru s'engloutir, Pascale l'a consolée, apaisée. Sur les mêmes terres, se retrouver enfin, merveilleusement. Elles ont pleuré dans le ravissement, Pia éblouie par la peau mate, les seins pleins et droits et le long ventre plat où couraient ses mains.

Pia commence à parler. Par bribes, difficilement. Lui raconte l'accident. Elles revisitent les heures de leur rencontre – quand je t'ai vue la première fois, quand tu m'as regardée vraiment, quand j'ai craint que tu ne disparaisses. Pia ne peut pas s'abandonner à cette grande nuit lumineuse avec un fardeau de mensonge.

« Je ne connaissais pas Henri, lui murmure-t-elle, je crois que je l'ai tué. »

Dans la petite chambre du deuxième étage de la maison-folie des Champs captants, tout au bout du couloir à droite, en bas de deux marches, dans son lit, Simone croise les bras sur son torse. Il n'y a personne près d'elle. Elle dit toujours « on », elle dit toujours « mon amoureux » quand elle parle aux autres, « nous avons fait », « nous avons des projets ». C'était vrai jusqu'à ce que ça devienne faux et qu'il parte aux trousses d'une femme. Elle lui a trouvé des excuses, même s'il n'y avait aucune raison. Ou toutes les raisons, les mêmes sempiternelles raisons – l'autre est plus jeune, plus fraîche, plus amoureuse, n'exige rien de lui, prend mieux soin de lui, l'admire et le couve des yeux. La maison l'a épuisé, il la rénovait en plus de son travail d'artisan, Simone n'a pas pu lutter contre l'érosion. Elle n'a plus le dos de l'homme pour y accrocher son sommeil, ni son cœur qui battait l'amble.

« J'ai peut-être quelqu'un pour reprendre la Folie, lui dit-elle dans le noir, je ne peux plus sans toi, il est temps que je cesse de vivre dans ton ombre. »

Sous la peinture élimée du plafond et dans le papier peint à fleurs, Mélanie appelle les secours. Henri est absent, peut-être au travail, peut-être chez une autre femme. Il sera prévenu si besoin. Maintenant, son souffle est à la peine pour allumer la lampe de chevet, se lever péniblement, rassembler avec la lenteur d'un cosmonaute sa trousse de toilette, son sac à main, et se recoucher. L'oxygène dans ses narines est à fond et ne suffit presque plus. Les infirmiers ne pourront rien faire de mieux. La porteront dans l'ambulance, lui mettront un masque à oxygène et, avec un peu de chance – pourvu, oh ! pourvu ! –, accéderont à son désir de morphine, sans savoir que c'est ainsi qu'elle pourra partir tranquille, allongée toutes sirènes hurlantes dans le beau camion rouge, la morphine qu'on lui refuse ici lui ouvrant enfin la dernière porte sur la plaine.

22.

Chant de la maison-folie

La maison s'emplit et se vide au rythme des bras du fleuve quand il respire et s'insinue jusque dans les anfractuosités de l'île. Elle s'ouvre pour ses hôtes, les réchauffe, leur insuffle son histoire, ses odeurs de fleurs. Sa pierre est poreuse aux soupirs amoureux, qu'elle conserve de siècle en siècle. Les lattes des planchers gardent les traces infimes des pieds nus, des étoffes tombées des corps, abandonnées chaudes au pied des lits sur les rainures qui n'oublient rien, sur les tapis de laine dont les motifs semblent varier selon l'humeur du temps, de l'époque, des femmes qui les foulent, des femmes qui les battent au printemps.

Les meubles s'en viennent neufs et s'en vont quelques décennies plus tard pour être restaurés ou remplacés par d'autres commodes en bois de rose, d'autres secrétaires, armoires à linge ornées de bouquets de mariage, d'autres fauteuils, méridiennes, bergères, voltaires, crapauds, sofas, poufs et canapés.

Les portes changent parfois, les fenêtres aussi. Les miroirs, jamais. Ils entrent, époque après époque, et ne sortent pas, une fois arrimés aux pierres des murs. Dans chaque pièce, ils contemplent le mouvement et l'immobilité, la lumière et l'obscurité, et ils se souviennent.

Il est arrivé qu'une cloison disparaisse, remplacée ailleurs par une autre cloison. Les tomettes se brisent sous un talon, on les renouvelle. Les tuyaux, les baignoires sont installés, les bidets, les luminaires électriques apparaissent. La rampe de l'escalier en bronze, immuable dans ses volutes, se patine sous les caresses des mains qui montent à l'étage dans l'impatience et redescendent plus lentement. Elle s'enroule sur un socle trois marches avant les grandes dalles du hall d'entrée, lesquelles, année après année, imperceptiblement, siècle après siècle, se creusent. Plusieurs fois, des hommes ont grimpé sur le toit, l'ont dénudé et rhabillé de frais, car le vent qui porte les oiseaux migrateurs fait danser les tuiles et la maison frissonne. Elle frémit, parcourue profondément par les mouvements de l'eau qui l'enserre, par celle qu'on puise dans les champs de l'autre côté des bois. Elle n'oublie rien, aucune forme de nuages passés au-dessus d'elle, aucun souffle en provenance de l'estuaire ou du grand nord, aucune patte d'oiseau posée sur le toit, aucune feuille glissant sur les tuiles, aucun paquet de neige tombé en mars quand le foehn s'en vient enfin du sud réchauffer les bourgeons.

Il existe un cent quinzième puits sur l'île. Il est enchâssé dans un mur latéral de la maison, avec sa margelle de pierre en demi-cercle. Les habitants s'y abreuvent encore à l'occasion, ils donnent à boire aux bêtes et arrosent le jardin, la corde et la poulie sont soigneusement entretenues et le seau changé quand il commence à fuir.

Au milieu de la cour, la fontaine a chanté longtemps. Elle a salué les voitures à chevaux, les calèches, les tilburys, les berlines, les carrioles, les landaus, les voitures à moteur cahotant sur les planches disjointes du vieux pont jusqu'à sa disparition. La source file maintenant entre les pierres dans un bassin couvert de plantes aquatiques et ponctué d'éclairs carmin, des carpes respectables, aussi vieilles que la maison. Le bassin s'amenuise et se gonfle au rythme des pluies, il respire à quelques encablures du perron et sa lumière palpite au couchant sur la façade.

Le soir, la maison se gorge de musique, de rires, de soupirs et de chants. Au matin, elle s'ouvre à la curiosité des bêtes qui l'entourent et au premier rayon de soleil sur les vitres de la serre, silencieuse de nouveau, gardant comme un trésor, un secret, la mémoire de ses rencontres. Elle absorbe et se souvient. Après chaque grand ménage, remise à neuf et prête pour une nouvelle soirée de délices, la maison n'efface pas les traces de ceux qu'elle aime. Les draps renouvelés, les chambres aérées, les tapis secoués, les sols lavés, les fauteuils tapotés, rien n'empêche cette maison de savoir qui est passé, car ce qui a été sera pour toujours. Elle reconnaît le pas de l'homme, le souffle de la femme, son parfum qui change avec les danses, mêlé de sueur et de l'odeur secrète du désir, celui de l'homme, celui de l'amie. Elle n'oublie aucun des visages, des poignets de dentelle, des décolletés ronds, carrés ou pigeonnants, des chapeaux que l'on accroche aux patères en entrant, aucune des robes à crinoline, puis droites et fluides et enfin courtes, qui frétillent sur les cuisses et glissent des épaules. Tout est inscrit dans sa chair, même les hésitations, les abandons, les troubles puissants ou fugaces, les regards qui se découvrent et ne s'oublient plus, se cherchent par-dessus la table et s'isolent dans une alcôve pour plonger plus avant.

La plupart des visiteurs ont maintenant disparu, emportant avec eux un souvenir incomparable des quelques heures passées entre ces murs, un souvenir si ténu et cristallin qu'on le partage difficilement et dont le pouvoir d'émerveillement étonne sans fin. Il y a eu dans leur vie un moment de perfection qu'ils ont reconnu avec l'émotion que procure un tendre aveu. La présence profonde, intime, d'un amour de la vie inconditionnel que l'on souhaite depuis toujours et que l'on accepte enfin. Un moment de conscience au cours d'un geste anodin, passer un plat, reculer une chaise, déposer une veste sur le dossier d'un fauteuil, porter un verre à ses lèvres et savoir brusquement que tout est entier, plein et heureux comme jamais. Paisible et joyeux, si harmonieux qu'on se découvre sous un jour nouveau, celui qu'on aimerait graver en soi et garder, emporter, faire advenir, sans une seule trace de peur, de peine, de crainte ou de méfiance, sans un reste de dégoût ou de gêne, complètement délié, sans rien dans le regard qu'on porte sur les autres ou qu'ils portent sur nous *qui pèse ou qui pose*.

23.

Chant de la cuisine

Quelque temps après l'enterrement de Mélanie, Henri s'assit dans la cuisine abandonnée.

Les enfants n'avaient pas protesté. Ils avaient rempli leurs valises avec leurs dernières affaires, s'en étaient allés vivre pour de bon chez la tante qui les hébergeait depuis que l'état de leur mère avait empiré, une de ses cousines dont elle était proche, enseignante célibataire. Elle leur avait acheté à chacun un scooter pour se rendre au lycée et un chien pour les consoler un peu de leur perte ; elle avait un grand jardin et beaucoup de temps à leur consacrer.

Maintenant, la maison lui semblait immense, une coquille brisée, inutile. Henri avait donné à une association les vêtements de Mélanie, jeté quelques objets, puis avait perdu courage. Les murs couverts de livres sur leurs étagères bon marché, témoins muets, reproches innombrables, l'accusaient de négligence. Ils resteraient, décida Henri, miroir de son incurie. Il ne toucherait plus à rien et la maison serait un mausolée. Il chérirait le souvenir de cette femme tranquille, intense et secrète qu'il avait épousée aussi pour sa douceur, sa générosité, sa silhouette gracieuse et son regard qui perçait les apparences. Leurs premières années, après la naissance des enfants, l'achat de ce logis les avait emplis de joie jusqu'à ce que Mélanie tombe malade et fasse chambre à part. Les affaires d'Henri prenaient justement un élan inattendu et l'obligeaient à de nombreux déplacements pendant la semaine. Privé d'intimité, il ne comprenait plus sa place dans cette famille, s'était inventé celle de pourvoyeur. Un jour, se disait-il, ils le remercieraient d'avoir amassé tant d'argent et de ne pas les avoir gâtés. « Les jeunes à qui tout est dû sont pourris, ils ne seront jamais autonomes », pensait-il. Ses relations avec eux étaient devenues tout juste cordiales, quand il n'était pas submergé par la colère. Il enrageait aussi de ne pouvoir témoigner quelque affection sincère à ses enfants. Mélanie ne supportait pas cette violence et lui en faisait durement le reproche. Henri détestait les reproches, les lui faisait payer en s'éloignant encore plus du foyer, restant parfois le week-end chez Annie, sa maîtresse, pour y trouver consolation.

« Rien de très brillant, songea-t-il dans cette cuisine où personne, sinon la femme de ménage, ne mettait plus les pieds depuis longtemps, car Mélanie se faisait livrer ses repas et Henri, quand il ne mangeait pas au restaurant, réchauffait les plats du traiteur dans leurs barquettes jetables. Vie de famille ratée, ma faute. »

Il se promit d'emmener les enfants au zoo (mais François a seize ans, il va détester les bêtes enfermées), au cinéma (aucun film ne conviendra aux deux), au restaurant (pour manger en silence des mets qu'ils ne sauront pas apprécier). Peut-être au bord de la mer, peut-être avec des amis à eux. Il faudrait en parler à la tante, elle aurait des idées, elle les connaît bien. Elle leur a fait du hachis Parmentier maison, avaient-ils dit. Vous voulez que vos enfants vous aiment, faites-leur du hachis Parmentier maison. Il ricana, broyé de honte brusquement, écrasé par son impuissance, son insuffisance, par le manque d'affection qu'il avait imposé et subi, par l'absence de Mélanie. Penché en avant, les coudes sur les cuisses, il laissa déferler une vague de douleur qui le décapa pendant quelques minutes. Très lointain, mais persistant, le souvenir ténu de Fanny Tain fut dans ce moment de souffrance une lumière pâle et douce qu'il refusa de rejeter. Il aurait pu décider de tenir pour trop peu leur rencontre improbable, la futilité de tout cela, la réduire à la portion congrue. On ne peut pas opposer le plaisir libertin à une vie démantelée. Il n'était pas retourné aux Champs captants depuis la mort brutale de Mélanie dans l'ambulance. Profitant de ce qu'il devait se rendre chez le fleuriste pour l'enterrement, il avait envoyé mécaniquement des roses à Fanny pour s'excuser de son absence, pendant qu'il choisissait celles qui couvriraient le cercueil de sa femme et décoreraient sa tombe. Henri ne connaissait pas d'autres fleurs que les roses, il en offrait souvent des brassées, surtout des rouges. À cet instant, dans la cuisine délabrée, il se raccrocha au souvenir de Fanny. Non pour y puiser de la consolation, mais de l'espoir. Une chance de rédemption, peut-être. De se montrer un autre homme. De ne pas rester ce pantin avachi dans une cuisine en formica jaune, seul et incapable d'élever deux adolescents dont il ne savait pas grand-chose, qui s'éloignaient très sûrement de lui. De trouver une autre dimension à l'existence. De se regarder dans la glace sans haut-le-cœur.

Il sortit son téléphone de sa poche.

« Simone ? C'est Henri. Je peux venir vous voir ?

— Salut, Henri. Tu n'as qu'à venir quand tu veux, je t'attends. Tu connais le chemin. »

24.

Chant d'Élise

Ce soir-là, Henri s'étant excusé brièvement par texto, Fanny introduisit Élise aux Champs captants.

La quarantaine sportive, les yeux pervenche, réservée et observatrice, Élise avait fait connaissance avec Fanny via son amant, Dominique, sur le site où elle venait de s'inscrire. Ils s'étaient rencontrés une ou deux fois en ville. Il lui avait parlé de Fanny, une des complices avec qui il communiquait longuement par écrit après le dîner, faisant mine de travailler à l'ordinateur dans son bureau pour ne pas éveiller les soupçons de sa femme. « Vous allez vous plaire », avait prédit Dominique. Élise avait correspondu avec Fanny, puis elle avait pris sa voiture pour lui rendre visite. Novice, n'ayant fréquenté que quelques clubs décevants et accueilli chez elle qu'un ou deux hommes sans éclat, elle avait écouté avec attention les récits de Fanny, sa vie trouvée, les soirées blanches aux corps multiples entremêlés, les invitations à des fêtes privées, les amants réguliers, les aventures diverses aux fortunes bienheureuses qui la transformaient à ses propres yeux en quelqu'un d'audacieux, ce qu'elle n'aurait pas soupçonné, de généreux, ce qu'elle pouvait imaginer, mais surtout de mutin et de sensuel, ce qui était tout à fait nouveau pour elle. Puis il fut question de la rencontre avec Henri, récente, mais déjà décisive. Elle fit de lui un portrait tellement élogieux qu'Élise se demanda si elle ne voulait tout simplement pas mettre un terme à son délicieux papillonnage pour retrouver le confort d'une relation duelle.

La nuit venue, Fanny lui avait proposé de rester. Dans la chambre aux drapeaux tibétains, il n'y avait qu'un lit. D'abord, elles avaient dormi. Puis, du fond de leur sommeil, s'étaient enlacées.

Mettre la main sur le sein d'une femme pour la première fois, ouvrir la mer, prendre le large dans une houle de douceur. Entrer dans un au-delà dont on rêverait peut-être et qu'on n'osait pas espérer, qu'on n'osait pas vouloir. Juste un ailleurs à soi-même, au plus près de soi-même. Aborder des terres nouvelles, cet autre corps pareil qui n'a rien à voir, semblable et dissemblable. Un soulagement intense les submergeait : arriver enfin chez soi, retourner au début, être dans les bras nus d'une femme nue et frémir de joie et de désir. Explorer timidement, guetter les réactions de l'autre, ses encouragements. Toucher les vergetures des trois enfants portés, les cicatrices des seins opérés, le pubis hélas rasé de sa douceur, dans l'élégance d'un souffle retenu. Mais pourquoi ce corps, s'interrogeait Élise, au contraire du sien, ne se tendait-il pas, ne s'offrait-il pas, et, au contraire des hommes, ne prenait-il pas, ne s'emparait-il pas d'elle ? Fallait-il tout réinventer ?

« Fanny sent la noisette », s'était-elle dit avec stupéfaction. Sa langue avait identifié le goût de la noisette fraîche, d'une blancheur intense, presque épicée. Enfouie dans les plis fins et souples, dans cette peau transparente, dans cette chair huilée de salive et d'autre chose encore dont la seule évocation lui vrillait les reins, elle s'était souvenue du petit fruit charmant des chemins qui ne se cueille pas sans mal et qui rappelle l'école et l'espièglerie de Fanny, sa façon de mélanger le sexe et le jeu. Elles avaient ri comme après une bonne farce, épatées et intimidées par leur audace, par la simplicité de leurs gestes, par la tendresse naturelle et joyeuse qui s'était ensuivie, dans les bras l'une de l'autre, un doigt qui remontait une mèche au-dessus des yeux, un baiser délicat, le début d'une histoire.

« Je t'emmène aux Champs captants demain, si tu veux », avait dit Fanny.

L'élégance et la sobriété, les odeurs subtiles et l'accueil sincère troublèrent Élise, qui eut un frisson en accrochant son manteau à une patère. « Tout y parlerait / À l'âme en secret / Sa douce langue natale », se dit-elle en s'asseyant auprès d'inconnus. Elle se souvint des buffets dans un sauna nocturne où les carottes industrielles baignaient dans une sauce de cantine. Ici, un homme en cuisine guettait les soupirs de contentement des convives au fur et à mesure qu'il apportait de petites portions créatives, fines et parfumées. La gaieté, surtout, impressionna Élise. Une joie délicate, joueuse, pleine d'esprit, rebondissant de phrase en phrase ; des musiciens de talent, un décor rappelant l'intérieur d'une maison dont le propriétaire aurait parcouru le monde et rapporté ce qui l'avait touché dans la beauté entrevue, objets familiers, tableaux, rien d'ostensible ou de banal.

Stan était venu accompagné d'une Irlandaise rousse en grande conversation avec un couple qui rivalisait de bons mots pour la faire rire.

Elles ne se quittèrent pas de la soirée dans la vaste salle. Elles papotèrent et plaisantèrent avec les invités, burent beaucoup de champagne, surtout Élise, firent connaissance avec des hommes et des femmes qui étendaient spontanément leur complicité vers elles. Fanny mit des bûches dans la cheminée, la flambée repartit de plus belle et la musique aussi, une flûte traversière et un violon qui galopaient à la suite l'une de l'autre. Elle offrit son aide à Simone pour débarrasser la table, fut accueillie avec un sourire moqueur – « tu laisses ça, ma chérie, profite » – et proposa à Élise d'aller fumer une cigarette, ajoutant que leur soirée était prise en charge par Henri.

La lune était vive, la fraîcheur subite. Les deux femmes empruntèrent machinalement le sentier autour de la grande pelouse, en silence. Les arbres chuintaient de toutes leurs branches sous le vent du fleuve dont l'odeur puissante emplissait l'espace mouvant du ciel. Elles n'eurent pas envie de commenter la soirée. Elles n'eurent pas envie d'en savoir plus l'une sur l'autre. L'île tressaillait, elles enviaient les oiseaux qui cabriolaient sur la brise. La maison luisait de tous ses feux, elles se sentaient à leur place, amies comme des sœurs, liées par la liberté, fumant avec plaisir.

« Je pourrais vivre ici », pensait Élise, dont le nom de naissance était Else, auquel sa mère française avait ajouté le « i » quand elles étaient arrivées d'Allemagne par le train. « Elz », « Elsse », « Elle-zeux », les prononciations lui écorchaient les oreilles. Il lui avait paru nécessaire de « franciser » sa fille à peine assez grande pour s'en apercevoir. L'enfant avait reçu une voyelle et un nouveau pays en échange de son père allemand disparu. Elles avaient vécu toutes les deux dans différentes villes, dans le Nord, dans le Sud, maintenant dans l'est de la France. Élise changeait d'école en cours d'année, d'amis, de maison chaque fois que sa mère prenait en grippe les gens, la météo ou le paysage.

Elle avait choisi un métier que l'on peut exercer partout : traductrice. Parler, pour elle, était déjà traduire, sa langue personnelle ne passait pas les dents. Quel que fût l'idiome, l'allemand ou le français, depuis toute petite il lui fallait recomposer d'abord de l'intérieur vers les mots des autres, dont l'arbitraire la faisait souffrir. Les mots sont approximatifs, Élise l'avait su tout de suite. Elle faisait semblant d'y croire, persuadée qu'ils auraient pu être tout à fait différents ; « chaise » ou « *Stuhl* », cela ne ressemblait pas à ce qu'elle voyait ou ressentait. Elle développait un vocabulaire personnel bien plus logique à ses oreilles, que sa mère peinait à lui faire oublier.

L'exercice de la traduction fut le prolongement d'une difficulté à faire corps avec les signes, d'une torture pour communiquer verbalement, un endroit de souffrance et de guérison. Un espace intime où se glisser sans être vue pour tenter d'établir un lien meilleur vers le sens. Un monde à elle que ses lectures avaient créé, l'habitude plastique de s'identifier au héros, le plus souvent masculin dans les livres pour enfants de l'époque, mais aussi avec les bêtes, les aigles, les insectes sous l'écorce des arbres, les chiens, les chevaux dont ces récits regorgent, qui offrent à la lectrice une palette infinie de sensations, d'expériences presque vécues. Toujours à l'étranger, Élise regardait autour d'elle comme si elle vivait la vie de quelqu'un d'autre. Traduire devint un accès renouvelé à des univers multiples, une source de connaissances dans des domaines qu'elle devait explorer d'abord afin de se familiariser avec leur vocabulaire. Une université personnelle. Un travail qu'elle pouvait exercer n'importe où, jusque dans les cafés quand la solitude lui pesait. Elle s'en allait parfois dans un gîte en pleine campagne, ou en montagne, dans des appartements de location de courte durée en bord de mer. Elle s'installait en quelques minutes, une valise pour la chambre avec les draps et les vêtements, un sac à dos pour le bureau avec l'ordinateur et les livres, un panier pour la cuisine avec ses thés préférés et sa tasse fétiche. Besoin de peu, marcher le soir pour explorer les environs, boire une ou deux bouteilles de vin le week-end et, si possible, faire une rencontre en fin de semaine pour reprendre terre, retrouver un corps grâce aux caresses. Dans l'espace de la traduction et dans le sexe aussi, Élise débusquait une partie mystérieuse d'elle-même, intacte, entière, libre et toujours surprenante. Deux plages de sécurité, l'autre sans mots. Elle aurait aimé connaître davantage d'hommes pour pouvoir choisir, selon son humeur, quelqu'un de calme ou un bon danseur, un qui sait jouer avec les mots et la faire rire. Mais les amis de lit sont rares. C'est pourquoi elle s'était inscrite sur un site particulier où elle avait débusqué une grande franchise et une camaraderie joyeuse introuvables sur les sites conventionnels.

« Je pourrais vivre ici, dit-elle à haute voix à Fanny quand elles eurent contourné la grande pelouse vers le bassin aux carpes centenaires. On est au milieu d'une grande ville, mais en pleine nature. On est invisibles, au centre du vortex. Les bois nous protègent, ils sont magnifiques, probablement pleins d'animaux. Ça sent le fleuve, merveilleuse odeur. Et la maison, elle est incroyable.

— Oui, c'est très beau, très calme, répondit Fanny. Mais je ne sais pas si je pourrais y habiter, c'est quand même bien perdu, et puis toute cette campagne… En tout cas, pas toute seule. La maison a quelque chose de bizarre, je veux dire, on dirait qu'elle est vivante, tu as remarqué ?

— Je m'y sens chez moi, mais c'est une habitude.

— À l'étage, surtout, on y est comme hors du temps. Avec Henri, on avait l'impression de flotter dans toutes les époques en même temps – ça a l'air idiot, non ? La maison nous racontait son histoire, je n'avais jamais ressenti ça. Comme si on avait toujours été là, lui et moi. On était dans la chambre vert olive, la vieille chambre. Il faudra que tu l'essaies, tu me diras. »

Fanny se mit à rire du sourire d'Élise.

« Tu vas aimer Henri. Je lui ai beaucoup parlé de toi, il a hâte de te rencontrer. Je ne sais pas ce qui le retient en ce moment. C'est un homme de parole, pourtant. Simone m'a dit qu'il était passé en pleine journée dans la semaine. »

Elle se retourna vers Élise, la jaugea tendrement, puis sourit encore.

« Vous serez comme deux petits pois dans la même cosse, j'en suis sûre. Mais viens, il y a Stan. »

25.

Chant du blanc

Poncer, enduire les murs, attendre que l'enduit sèche, poncer plus doucement, passer l'enduit de lissage, poncer une dernière fois au tout petit grain, Pascale à la manœuvre et Pia apprenant les gestes, les occupe tout un week-end dans des nuages de plâtre. Les pièces sont balafrées de stries blanches. Les femmes s'observent du coin de l'œil. Elles flottent dans de vieux vêtements confortables. Chaque mouvement, chaque conversation, chaque rire est une confirmation.

Le vendredi soir suivant, dans la cabane de jardin, elles vont extraire les pots de peinture d'apprêt de sous le tas de couleurs. Elles trient ensemble les teintes et les qualités, remettant à plus tard le choix des couleurs pour les différentes pièces. Sous quelques bidons de blanc se cache un carton à bananes avec un couvercle épais que Pia empoigne pour le déplacer. Il est entouré d'une large bande collante, de celles que l'on utilise dans les déménagements.

Espérant trouver du matériel de peinture, Pia coupe le scotch et l'ouvre.

« Des archives, dit-elle. Des photos, des dossiers. Sans doute oubliés par les propriétaires. J'informerai l'agence. »

Elle emporte le carton dans la cuisine et le pose dans un coin. Le samedi matin, elles se mettent au travail. Elles protègent les prises électriques, puis les marbres des cheminées, enfin les planchers avec de grandes bâches de plastique mou. Elles commencent par la pièce sur la rue, qui devient de plus en plus résonnante et vide au fur et à mesure qu'elles badigeonnent l'acrylique blanc sur le plafond et sur les parois.

« Tu crois vraiment que ça sera moins sonore quand on mettra de la couleur ?

— Bien sûr, sourit Pascale du haut de son escabeau. Ça fera un vrai cocon. Et si on y peignait des fresques, comme à Pompéi, ça serait tout à fait habillé ! »

Elle reste le pinceau en l'air.

« Voilà à quoi me faisaient penser toutes ces couleurs, cette palette du cabanon de jardin ! Aux fresques des villas romaines ! L'ocre rouge, le vert pâle, c'est complètement ça ! Nous sommes dans un palace romain, ma belle ! »

Elles descendent de leurs perchoirs, se lavent les mains et cherchent sur les rayonnages du palier les livres d'art. La reliure fatiguée, lu et relu, un grand livre aux pages cornées est posé par-dessus les ouvrages consacrés à la peinture et aux peintres.

« Ce sont les teintes des grandes pièces de plusieurs villas. Tu vois ce vert léger ici, ce bleu pâle là derrière, le rouge vermillon en fond et le vert profond qui court en haut près du plafond ?

— Des fresques érotiques.

— La villa Macaria était une maison de plaisir. Avec sauna et hammam, s'il vous plaît. »

Elles se regardent. Qui aurait bien pu vouloir recréer l'ambiance de la villa Macaria ici, dans cette maison qui ne s'y prête pas ? À moins qu'ils n'aient eu un projet de rénovation à une époque reculée.

« Dans tous les livres que j'ai ouverts, le nom de Mélanie est inscrit sur la page de garde, dit Pia. Mais pas dans celui-ci. Regarde : Élise Burger. Je n'ai jamais vu ce nom.

— On le leur aura prêté et ils ne l'auront pas rendu. Cette Élise Burger avait probablement une idée derrière la tête, parce que je suis certaine que ce livre et les peintures du cabanon ont partie liée. »

Elles finissent de passer la couche d'apprêt dans la pièce sur la rue, que le blanc dur n'aura pas réussi à sortir de l'ombre s'étalant maintenant en longues taches glissantes. Le lendemain, elles y transportent le tapis et les chaises, puis se mettent à peindre le salon. Cette fois, la lumière du jardin s'y déverse et il s'illumine vaguement sous les rouleaux. Quelques jours plus tard, elles badigeonnent le couloir, éclairé seulement par des ampoules nues la nuit. L'absence de papier peint, de meubles, de lampes, d'abat-jour, de tapis et de tableaux agrandit démesurément l'espace, et Pia se sent vivre dans une maison fantôme que rien ne comblera, entourée de murs qui ne sont pas en attente de couleur mais fondus, dissous dans des linceuls.

26.

Duo

Ils ont dansé. Lentement, pour se connaître, ils ont voulu danser avant de se parler. Henri a placé sa main dans le dos d'Élise, à quelques centimètres de sa peau laissée nue par le décolleté profond de la robe. Sans la toucher, il lui a proposé le chemin vers la piste de danse, un espace au fond du grand salon de la maison-folie. Élise a frissonné au souvenir de cette délicatesse, de ce geste empli de l'attention et de la tendresse d'autrefois. Les mots seulement les ont liés, mais pas les leurs, ceux de Fanny faisant l'éloge de chacun, émue par ce qu'elle percevait en eux de semblable, d'accordable. Déjà, ils se connaissaient un peu et la première danse a confirmé ce que Fanny savait de leurs deux corps, la pression légère des mains, la hauteur des épaules, les jambes se cherchant et se trouvant à l'instant parfait, l'anticipation rapide et l'accueil modeste et entier d'une présence inconnue. Ils se sentaient fiancés à distance, dans l'obligation de s'apprendre.

Ils voulaient bien. Ce fut un désarroi, la posture amusée et bienveillante qui les avait amenés l'un vers l'autre volant en éclats pour découvrir ce qu'ils avaient de vulnérable et qu'ils n'étaient pas venus mettre en danger. Leur enchantement se lisait sur le visage de Fanny, les leurs se défaisaient. C'est en la regardant, elle, qu'on pouvait voir qu'Élise et Henri se rencontraient, se humaient, s'effrayaient de cet accord, présage d'une plus dangereuse et plus profonde soif.

Le pianiste a ralenti ses doigts, tandis que les corps n'étaient qu'un seul mouvement. Ce fut un signal pour Élise, dont l'horreur de se donner en spectacle prit le pas sur l'abandon qu'elle appelait de ses vœux. Elle se retira imperceptiblement et traduisit en gentillesse, en intérêt pour son cavalier le trouble qui les avait projetés l'un dans l'autre. Henri s'en aperçut et lui sourit. Ils devinrent maladroits. Ils retournèrent s'asseoir à la grande table. Les convives s'écartèrent pour qu'ils prennent place côte à côte, ce qu'ils firent machinalement, cuisse contre cuisse. Leur dialogue exploratoire se poursuivit ainsi, immobile, sous la nappe, pendant qu'ils grignotaient et s'adonnaient à des mondanités, scindés en deux, jouant à garder invisible et muette leur découverte. Ils se firent verser à boire pour apaiser leur trouble.

Fanny en face d'eux savourait son triomphe et les couvait du regard. À aucun moment elle ne se sentit exclue de la rencontre qui venait d'avoir lieu. Il lui semblait au contraire qu'Élise et Henri se liaient autour d'elle, ce que leurs regards confirmaient pardessus la table, puis la joie qui montait en eux, le rire qui bientôt les saisit tous les trois. La connivence avait pris forme, les isolait. Ils ne voulaient plus que bavarder ensemble, s'écouter, se répondre, faire connaissance.

Depuis la mort de sa femme, Henri, seul dans sa maison, ne trouvait plus la paix. Un tourment s'y était installé. Un chagrin et une angoisse, la honte et la perte dans son ventre, lui coupant par moments le souffle. Lors de sa visite diurne aux Champs captants pour avancer dans ses tractations avec Simone, il avait découvert un havre, un silence consolateur, dans le jardin aussi, dans le parc où ils s'étaient promenés, dans l'attention délicate de Simone qui redoublait de sollicitude, peinée par sa peine. Ils avaient visité toutes les chambres, les salles de bains, exploré le grenier, la cave et les communs. Henri respirait mieux partout. Un poids quittait son corps. Sans renoncer à son désir de rédemption, au sentiment aigu de sa faute, Henri s'autorisait à s'ouvrir à la consolation.

« Je t'emmène marcher demain, dit Henri à Élise, tu aimes marcher ?

— Beaucoup.

— Je connais quelques jolis sentiers de montagne, on pourrait partir tôt ?

— D'accord.

— Je passe te prendre à huit heures. »

Ce furent les seuls mots qu'ils échangèrent l'un pour l'autre, revenant à la conversation commune avec Fanny, bondissant de sujet en sujet sans ordre, pour le plaisir d'un trait d'esprit, tandis que se déroulait le long repas commun. Ils auraient pu s'éclipser comme on voyait les couples parfois s'en aller, revenir plus tard ébouriffés, mais pas eux. D'emblée, ils comprenaient que les éclats des premiers moments de la rencontre faiblissent avec le temps, sur quoi tout repose. Ils voulaient s'approcher minutieusement de ce désir né pendant la danse, précautionneusement, sans ambition d'aimer mais libres du diktat du plaisir, déjà dans la pudeur. Ils savaient également que Fanny ne serait pas exclue de leur rencontre, en resterait le centre et que, bientôt, ils se retrouveraient tous les trois, ici ou ailleurs.

Plus tard, Henri fit danser Fanny, mais aussi Simone et d'autres femmes. Élise joua quelques tangos au piano, dansa avec d'autres hommes et avec Fanny. La lune s'est promenée au-dessus des Champs captants, inondant le fleuve de sa lumière, qui jaillissait du bassin aux carpes centenaires jusqu'à faire palpiter la façade chantournée. Assise dans une alcôve, Simone les observait avec un sourire amusé et nostalgique.

27.

Chant du carton d'archives

C'est samedi. Pia s'ennuie dans la maison de ville, qui flotte dans un blanc bocal de formol. Pascale est de garde à l'hôpital. Les livres que Pia n'a pas lus recouvrent les murs, le jardin aurait besoin de soins, elle pourrait aller courir malgré la pluie, mais tout ce blanc la sidère et l'évide. Évidée aussi par l'absence de Pascale et par la douleur sourde de la fin des allocations chômage qui se profile. Des images brusques de l'accident surgissent de cette vacance, qu'elle peine à repousser, le sang sur les mouchoirs, la canne jetée dans la voiture et cachée ici, au grenier. Elle arpente la maison, hésite à appeler sa mère, qui s'en étonnerait beaucoup, mais ne s'approche pas du téléphone, pense à faire une lessive, mais ne sort pas le linge du panier, estimant qu'il n'y en a pas assez, ne trouve pas l'énergie de sortir et de marcher jusqu'aux magasins discount pour dénicher enfin la boule à thé qui manque cruellement. Ces hangars sans musique où les pauvres fouillent dans des bacs d'objets chinois dérisoires quand les grands magasins grouillent d'adolescentes qui essayent leurs goûts, volent des bricoles, s'achètent des foulards en solde, et de femmes d'intérieur fauchées qui payent en quatre fois sans frais. Les boutiques, elles, sentent le parfum cher flottant dans le sillage de la dernière cliente. Autrefois, Pia courait les commerces élégants pour chasser l'angoisse en dépensant, ce qui ne comblait pas, ne comblait jamais, mais y ressemblait sur le moment. Une demi-journée et cinq magasins pour débusquer le faitout qui va bien, se sentant obligée chaque fois de prendre ce qui se faisait de mieux au meilleur prix, dans la bonne couleur, la bonne matière. Un sport pour son sentiment de maîtrise : rester au-dessus de l'achat d'impulsion – accumuler, c'est vulgaire ; se renseigner sur Internet, s'équiper en qualité, faire jouer la concurrence, ne jamais regretter la dépense, en espérer une durable satisfaction et un peu de fierté, surtout si c'était une bonne affaire. Sans argent, elle constate combien ces heures ont été perdues à se plier aux injonctions du système, à se créer une série de petits miroirs de soi partout dans la maison pour s'y contempler avec complaisance. Pia comprend qu'elle se désintoxique de la dure drogue qu'est paraître, plaire, jouir de l'achat, en parler, l'exhiber, être conforme. La princière indifférence de son père le boxeur aux critères de consommation de l'époque lui semble maintenant souveraine et salvatrice. Pas seulement parce qu'elle n'en a plus les moyens, mais vraiment parce qu'elle se dégoûte d'avoir couru si longtemps après le rien. Si elle retrouvait aujourd'hui sa bonne fortune, aurait-elle envie de meubler et d'habiller la maison ? Un effort devenu insurmontable. Si des objets doivent passer la porte, elle ne s'y opposera pas, mais en l'état, l'absence qui régnait au début entre ces murs s'est transmuée en espace. Elle se détache du besoin de faire maison, d'arranger un gentil foyer qui ressemblerait à celui des familles, de créer un décor original et enviable avec, au mur, les photos des êtres qui vous entourent au quotidien. Elle qui admirait du fond du cœur ses piles de linge plié au cordeau dans les armoires et ses collections de verres à pied, quand elle contemple ses six tasses hors de prix dans les placards en formica de la cuisine, elle voit des reliques magnifiques et absurdes d'un autre temps.

« C'est comme fumer, avait dit Pascale. Vingt fois par jour tu en as envie, vingt fois par jour ton envie est comblée. Magique. Incomparable. Acheter, c'est de cet ordre-là, en moins frénétique. Tu erres dans les rayons en testant ton envie. J'aime/j'aime pas ; glop/pas glop. Toute la journée sur ce modèle binaire : de quoi j'ai envie, est-ce que ça me plaît, qu'est-ce qui me ferait plaisir ? Tâter son désir, se sentir exister uniquement par le désir de quelque chose ou de faire quelque chose, se procurer un genre de jouissance au rabais. Se définir à travers ça. Pour soi-même et aux yeux des autres. Nous sommes des tonneaux des Danaïdes, disait-elle au fond du canapé grenat, on se vide tout le temps, ce qui nous emplit ne pourra pas nous rassasier. Nous sommes le Hans du Schnokeloch, ce petit garçon bilingue, modèle d'insatisfaction, qui peut avoir tout ce qu'il veut, mais ce qu'il a, il n'en veut pas, et ce qu'il veut, il ne l'a pas. C'est ce qu'on attend de nous. »

Pia s'abîme dans l'écran de son ordinateur sur la table de la cuisine, regarde une vidéo sur des enfants qui pleurent de bonheur quand on leur offre un chiot, une autre sur la vie d'une chanteuse star morte d'overdose et une troisième sur la pollution des océans par les particules de plastique, énervée par sa passivité et honteuse encore de ne rien accomplir, malgré son vœu de se laisser porter par les heures du jour sans crispation.

Le carton à bananes derrière la porte de la cuisine s'impose alors et la sort d'un coup de son état léthargique. L'agence est fermée, elle ne pourra pas s'y rendre avant lundi, pour peu qu'elle soit la bienvenue avec sa trouvaille. Elle le refermera soigneusement, personne ne connaîtra son indiscrétion. Elle le pose sur la table, enlève le couvercle.

Des enveloppes de format et d'épaisseur divers, non scellées, s'empilent sur des chemises en papier kraft fermées par un élastique noir et une boîte en bois contenant des clefs. Pia vide avec précaution une première enveloppe. Il en glisse des pochettes de photos avec leurs négatifs. Deux femmes d'une quarantaine d'années, une brune et une blonde, immobiles, côte à côte ou enlacées, en mouvement dans un jardin, auprès d'un grand chien noir aux poils fournis et à la truffe marron. La blonde aux fossettes ressemble beaucoup à Pascale avec ses yeux en amande et son sourire mutin. Les photos sont prises à différentes époques de l'année, feuilles aux arbres, branches nues. Une maison apparaît par morceaux, un pavillon XVIIIe d'un étage avec un balcon en pierre recouvert de glycine, de capucines grimpantes et de clématites violettes au printemps. Les deux femmes jardinent, posent devant une serre, brandissent des râteaux en riant, tondent la pelouse, bronzent en maillot de bain dans des transats bayadères. La brune lève son nez pointu d'un ordinateur installé sur une petite table pliante qui semble voyager dans le jardin, sous une tonnelle, une pergola, un saule pleureur, dans la serre ou sous l'auvent d'un petit bâtiment qui pourrait être une maison de gardien. La blonde joue avec le chien, l'embrasse sur sa vaste gueule brune, l'enserre dans ses bras, accroupie à côté de la bête dont les yeux brillent et la langue pend de bonheur.

Le photographe a soigné les cadrages, les éclairages, aucune prise de vue n'est floue ni maladroite. Pia range les photos dans leur pochette et en ouvre une autre. Ces portraits-là sont en noir et blanc. Les deux mêmes femmes sont nues ou portent des chemises ouvertes, des bas et rien d'autre, des bijoux et un slip, nues sous un chapeau à plumes et une longue cape, nues en bottes de cavalière, bombe sur la tête et cravache à la main. Nues entrelacées sur un lit, en travers du lit, fesses à l'air, main dans la main, tête sur la poitrine de l'autre, joue contre joue, lèvres contre lèvres. Aucune vulgarité dans les poses des modèles, leurs yeux s'amusent, elles sourient tendrement à l'objectif, elles jouent.

Elle feuillette encore plusieurs sachets de photos des deux femmes, assises parfois avec d'autres personnes autour d'une table de jardin sous un figuier, apparemment toujours dans la même propriété. Les mêmes visages reviennent souvent. Au dos de chaque cliché, une date et des initiales : *C.C.* Un chiot fait l'objet d'une pochette entière, on le voit grandir, devenir considérable, le chien que la blonde semblait tellement aimer. Au verso, son nom : *Don Diego*, *C.C.,* et les dates.

« Don Diego…, murmure Pia. Quel nom ! Il n'a pas de masque noir, pourtant. »

Pia étale sur la table le contenu d'une nouvelle enveloppe avec un sentiment diffus de voyeurisme, l'impression d'entrer chez quelqu'un en son absence, la porte ouverte, pas de nom sur la sonnette. Des pochettes, des plans, des devis, il s'agit uniquement de la maison. Aucun visage, quelques silhouettes, des ouvriers sur des échelles, des camionnettes dont on décharge des meubles. Des pièces avant rénovation, pendant les travaux, après les travaux, puis meublées. Des prises de vue de la façade du pavillon de pierre, des communs, de la serre, de la maison de gardien, des garages.

Une photo d'un format différent s'échappe du tas et tombe à terre. Pia la ramasse. C'est un portrait. Un homme dans la fin de la cinquantaine posant seul avec la maison en arrière-plan, debout sur le perron, devant une porte-fenêtre à petits carreaux surmontée d'une imposte plein cintre rayonnante. Il est grand, satisfait, pieds écartés, bras croisés, en costume et cravate. Tandis qu'elle s'apprête à remettre le cliché dans l'enveloppe, le visage de l'homme la retient. Son regard, son nez. Sa stature, son élégance. Un regard intérieur, un grand front, l'air décidé et calme. Elle cherche dans ses souvenirs, personne n'en surgit. Pourtant, l'impression de familiarité persiste. Quelqu'un qu'elle aura croisé, sans doute, un ami de son ancien mari, une connaissance de travail. Au verso, la même écriture, les mêmes initiales, *C.C.*, et une date. « Peut-être était-ce un ami des propriétaires du carton », se dit-elle. Assez sexy. Elle n'aurait pas oublié cette prestance. Un homme qui veut être libre, qui sait s'oublier, se montrer tel qu'il est, avec un éclat d'humour au coin de l'œil. Fier, sans ostentation, comme d'un accomplissement. Heureux.

28.

Chant des bois

Trop de lumière dans le ciel gris pour espérer une belle averse. Presque en silence, à grandes foulées, ils marchaient, attentifs aux mouvements du ciel et des branches, à la présence d'animaux, leurs traces ou leurs laissées, au charme violent d'un barrage de moyenne montagne. Henri lui prêtait sa gourde pendant les haltes, partageait les pâtes de fruits et les noix de cajou tirées de son sac à dos.

De son souffle ou de celui des arbres, Élise n'entendait plus la différence. Le sien, celui des bois, celui d'Henri, elle ne savait plus qui respirait. Elle restait dans ses pas, un pied en décalé. Le vent chuintait, mais c'était un long froissement qui glissait dans les feuilles. Henri lançait son cou vers la gauche, vers le vide, il lançait un sourire en arrière qu'Élise pouvait voir au vol, un sourire pour elle seule, pour lui dire qu'il était là. Toujours avec elle dans son silence, cet ailleurs où le bois le prend. En sécurité parmi les arbres. Déployés comme un poumon, ils chantaient au premier souffle. Elle connaissait leur feulement dans la tempête. Autant de racines que de ramures, maîtres dessous et dessus. Ils perdent tout, regagnent tout. Patience quand ils se tordent, patience quand ils sont nus.

Henri se précipitait vers les champignons, il tournait autour des bosquets, la boussole à la main. Élise apprenait son odeur. En haut des pentes, elle s'approchait un peu trop près quand il dominait l'horizon de sa hauteur d'homme. Il la laissait faire. Drôle de fille, il l'avait déjà dit, « tu es quand même quelque chose ». Elle aurait pu lécher son cou. Il y avait du parfum dans son sillage au début de leur marche, mais la futaie l'a absorbé.

De dos, elle voyait ses cuisses et ses fesses pleines, et l'écharpe enroulée plusieurs fois, la veste beige et le sac à dos noir chargé d'objets de survie. Sa gourde dans la poche de droite, une gourde en métal. Il trouvait de l'eau quand ils avaient soif. Il cueillait ses champignons préférés, les chanterelles, les bolets.

C'était samedi midi, ils sont allés manger en lisière d'un bourg. Élise avait envie de ses doigts depuis le début de la promenade, de les goûter, de les pétrir.

« Qu'est-ce que tu veux boire ? a-t-il demandé au restaurant. Choisis ce que tu veux.

— Condricu.

— Très bon choix », a dit le serveur.

Parce que le condrieu avait le goût du vent en haut des arbres dans des vallons secrets où personne n'est encore jamais allé, et qu'il aurait peut-être le goût de ses doigts qu'elle ne connaissait pas encore.

29.

Chant choral

Je suis l'enfant de l'amour, dit Élise. Je ressemble à mon père et je ressemble à ma mère parfaitement. J'ai eu de très jeunes parents qui jouaient avec moi pour s'amuser, et je dormais entre eux, car, dans mon pays, ça ne choque personne. Ils étaient fous l'un de l'autre et fous de moi. Nous étions trois.

Je suis l'enfant de trop, dit Henri, les yeux au plafond, sans bouger la tête de l'oreiller. Ils étaient déjà fatigués quand je suis né. Mes frères ont quitté la maison peu après. Ils ne sortaient pas, sauf dans la famille, même pour un spectacle gratuit ou des affaires comme ça, pas leur monde. Ils n'étaient pas curieux, ils avaient peur de détonner. On partait deux semaines en camping l'été, toujours le même, au bord d'un lac huileux qui sentait l'essence des hors-bord. Ils restaient aux abords de la tente, sauf une heure assis sur le sable devant le lac après la sieste. Je plaisais aux filles des propriétaires de hors-bord, j'étais beau garçon ! Elles me racontaient leur vie ; je n'oubliais rien. Je me disais que ça pourrait me servir un jour. Je voulais réussir, j'étais un jeune gommeux ambitieux. Comme cadeau d'adieu, l'une d'entre elles, tombée amoureuse, m'a donné une toute petite radio, grande comme une main. Elle a changé ma vie. Le soir, dans mon lit, je la collais contre mon oreille. J'entendais parler des gens importants. Je voulais entrer dans leur univers.

J'apprenais bien, comme ils disaient. J'ai eu le brevet, ils étaient fiers. Pour mon père, ouvrier, savoir compter était le seul moyen de ne pas connaître la misère. Après un BEP comptabilité et un bac pro, je me suis dirigé vers un centre de formation professionnelle pour adultes en économie et gestion dans le but de devenir comptable. Je rentrais chez mes parents à mobylette le soir. Une mobylette orange avec des sacoches. « Comptable, c'est un travail propre, ils disaient, il y en aura toujours besoin, tu manqueras pas d'ouvrage. » Personne ne savait ce qu'était l'université, personne n'y était jamais allé, c'était pas pour nous, on ne savait pas bien à quoi ça pouvait mener. Une prof m'a remarqué. Elle était jeune, on a commencé à se voir en dehors, on buvait des pots. C'est elle qui m'a parlé de la finance. Et des formations en alternance, des bourses pour les étudiants fauchés. « Un comptable riche, c'est un comptable malhonnête, disait-elle. Si tu veux de l'argent, va où est l'argent. » Pendant l'année et pendant les vacances, je trouvais des petits boulots intéressants. J'en profitais pour étudier l'entreprise ; je me suis aperçu que la plupart des gens se contentent de peu et acceptent d'être exploités.

Après mes études, j'ai été embauché dans une boîte importante et là, j'ai compris une chose : le monde de l'argent repose en grande partie sur les affects. Il faut inspirer confiance. Pour réussir, il ne suffit pas d'être doué (ils disent « brillant », parce que ce qui brille, évidemment, c'est de l'or). Il faut les rassurer, et pour les rassurer il faut leur ressembler, et pour leur ressembler il faut épouser une fille de bonne famille. J'ai mis plusieurs années à trouver Mélanie. C'est grâce à trois femmes que j'ai réussi.

Je suis l'enfant médicament, dit Fanny en se lovant contre Élise, un enfant de remplacement, providentiel, de substitution, comme vous voudrez. Leur couple allait exploser. Mon frère aîné est lourdement handicapé. Ils ont dû le placer dans une institution spécialisée quand il avait environ quatre ans, ils n'en pouvaient plus. Ensemble, ils ont cru recommencer à zéro avec un nouvel enfant, un enfant parfait. Ils voulaient effacer l'ardoise et la honte, faire comme si tout pouvait redevenir normal. Ils voulaient se couler dans le moule, retrouver leurs rêves d'avant. Malheureusement, je suis née avec un jumeau. Pas de chance pour eux. Ça leur a donné presque autant de travail qu'un petit handicapé, les premières années. Moins triste, mais très compliqué, ils nous le disaient. Nous étions trois, mais seulement deux enfants à la maison. Avec mon frère, on a essayé de colmater la brèche, puisqu'on servait à ça. Des enfants exemplaires. Comme dans les pubs. Joyeux et malins, serviables et propres, c'était épuisant. Eux aussi, ils ont fait semblant d'aller mieux, mais on marchait sur de la glace mince. Ils ont fini par divorcer quand on était ados.

Il y aura toujours un homme de plus dans ma vie. Un jumeau, c'est un écho de soi, une forme différente de soi, la seule personne à laquelle on a un accès total. Je suis une, mais je suis deux, et si je compte le pauvre Jean, qui n'est pas vraiment entier, on est presque trois.

« Dormons, maintenant », dit Élise.

30.

Chant des ombres

« Les bonnes raisons d'aimer et les mauvaises raisons se confondent souvent », se disait Élise. Aimer l'amour, ce penchant irrésistible, elle en connaissait bien les limites. Parfois, dans sa solitude, elle aurait voulu retrouver tout l'amour donné par quelques amants dont le cœur avait battu dans les yeux, dans le corps, dans le rire en la voyant. Le désir étincelant de celui qui venait la chercher au train, posait un genou à terre en écartant les bras quand elle apparaissait à la portière, criait son surnom tendre devant les passagers ébahis. Puis de cet amour-là le seul souvenir l'épuisait, déchirant.

L'envie de s'abandonner à un homme déterminé qui semble avoir un plan pour elle, un dessein, serait-ce une trahison de sa liberté ? Elle se savait capable de laisser l'autre désirer à sa place jusqu'à disparaître. Elle aurait voulu aimer Henri pour ce qu'il était, pour sa générosité, sa rouerie bon enfant, son goût pour l'art timide et humble, le bel élan de son corps, son odeur franche et pleine, la délicatesse de ses gestes, sa nostalgie secrète, sa détermination sans faille, son écoute particulière…

Cet homme avec son œil triste qui ne se rallumerait plus se jetait tout entier dans un nouveau chaudron, le bouillonnement étrange et neuf qui les rassemblait, Fanny, Élise et lui. Il y laisserait sans doute plus que son cœur, parce qu'il cherchait la rédemption et qu'il était prêt à perdre. Massivement. Et pas elle. Élise ne permettait à personne de s'approcher du petit appartement avec vue sur le fleuve offert par sa mère, son refuge, son cocon. Elle garderait son métier, passion et gagne-pain, tant qu'on lui donnerait du travail. Elle tairait l'histoire de sa famille allemande, la villa à Hambourg sur la colline et l'ancrage pluricentenaire au seuil de la forêt où restaient quelques cousins mijotant dans l'amertume au fond de grosses demeures mal éclairées. N'en dirait mot. Les racines ne trouvaient pas leur place dans cette relation nouvelle. Rien de tel, ni là-bas, ni ici. La beauté pure, hors-sol, les attendait.

Aucun d'eux ne savait quelle magie opérait, quel sort, quel charme on leur avait jeté pour qu'ils s'accordent si parfaitement. « On n'invente rien, bien sûr qu'il y a des précédents, se disait Élise, nous sommes anciens dans un monde rebattu. D'autres avant nous se sont fait surprendre. C'est pourtant si naturel d'être ensemble, si évident. Étoile à trois branches, la forme qui nous unit est solide, parfaite, elle permet à chacun de rester soi-même et de ne jamais craindre le désamour. »

« Henri n'est pas mon genre », se disait parfois Élise. Un financier, libertin, veuf, qui a tissé sa toile autour de deux femmes sans aucune intention de choisir. Sauf pour la peinture, ses connaissances concernaient surtout les affaires, l'argent, l'immobilier. Il faisait montre d'un sens pratique très développé qui avait peut-être atrophié longtemps la fine perception des autres et des mouvements profonds des êtres. « Quel soulagement de vouloir aimer un homme qui n'est pas mon genre, se disait-elle aussi, il était temps. » Les autres n'avaient pas duré. Avaient filé entre ses doigts comme du sable. Des hommes sensuels, toujours en partance. Des garçons aux airs mystérieux, sombres, qui exigeaient plus qu'ils ne donnaient, parce qu'ils tenaient en haute estime leur intelligence, leur charme et le pouvoir qui en découlait. Craindre de déchoir à leurs yeux pour une faute de goût, un défaut malencontreux, une envie d'ailleurs importune ? Mordre l'oreiller quand ils s'en allaient avec désinvolture, écrasée de disgrâce ? Élise n'en pouvait plus. Chercher à construire avec les matériaux d'autrefois un couple, comme aurait espéré sa mère, passer le samedi dans les grandes surfaces, essayer d'être conforme, enviable, c'était au-dessus de ses forces. Auprès d'Henri, elle trouvait un calme profond nouveau, un sourire intérieur né du regard qu'il posait sur elle, une légèreté dans la place qu'il lui ouvrait, un endroit où s'ébattre en sécurité. Et l'absence délicieuse de maîtrise amoureuse, l'absence de sentiment de propriété. « Aimer pour de mauvaises raisons, c'est jeter une ombre sur l'amour », se disait Élise. Une ombre mauve comme la trace d'un coup sur le visage. Peut-être qu'avec une autre lumière les ombres mauves, comme les éclats mats de la labradorite, se transformeraient en mille couleurs vives, arcs-en-ciel chatoyants ? Et la crainte de mal aimer serait simplement dissoute à force de voir Henri s'épanouir et s'apaiser entre elles ?

Fanny non plus n'était pas son genre de fille. Ses amies avaient suivi de longues études, et aucune, ni personne d'autre dans sa famille ou parmi ses connaissances, n'accrochait de portraits de clown au mur. Ils provoquaient chez Élise le même malaise que les robes de mariée à panier, les plages bondées et les poireaux vinaigrette. Mais de Fanny elle acceptait tout, ne jugeait rien. Elle n'avait pas eu besoin de s'habituer à elle ni de mieux la connaître, elle s'était tenue au plus près d'elle, entièrement, dès les premiers instants. Élise n'éprouvait plus avec Fanny la nécessité de mettre des mots sur ses émotions pour les comprendre.

Dans ses bras, elle avait ressenti la crainte et le désir d'abandonner ses réserves, ses pudeurs, jusqu'à la connaissance même des chemins mystérieux du plaisir. Un espace où l'on se perd et où l'on se retrouve dans l'autre, différente et confortée en soi-même comme jamais auparavant, mais aussi absente.

« Tu es mon *fragment de nuit* », lui avait-elle murmuré.

31.

Chant des regrets

Nous sommes au regret, lit Pia pour la vingtième fois, et pour la vingtième fois elle range un papier à en-tête dans la chemise rouge destinée aux lettres de refus, qu'elle serre dans le dossier de recherche d'emploi. Nous sommes au regret, malgré vos indéniables qualités et vos compétences de folie, sans compter votre joli minois, et moi aussi, pense-t-elle, je suis navrée de vous dire que je m'en fiche, de vos refus, de vos rejets. Désolée de vous dire que votre boulot et votre boîte, je n'en voulais pas vraiment, mais il faut manger et vendre son temps au plus offrant. Je regrette le bulletin de salaire qui tombait tous les mois, les congés payés, les tickets-restaurant et les primes de fin d'année, mais pas tant que ça. Les clients gagnés, les contrats signés, petites victoires, un peu. Les tiroirs à dossiers suspendus où je rangeais les affaires en cours et les affaires réglées, les hôtels chics miteux dans la campagne avec leurs buffets de petit déjeuner effarants de banalité, les clients méfiants, très peu. Les collègues en embuscade, artistes du croche-pied, pas du tout. Les regrets, pense-t-elle, non. J'y renonce.

Je suis au regret d'être au bord d'aimer, et on ne peut pas tout faire en même temps.

Donc, je n'ouvrirai pas la lettre du notaire, Maître Machin-Truc, arrivée avec la bonne nouvelle que je ne pousserai pas tous les matins la porte d'un open space éclairé au néon pour seconder des hommes qui ont besoin d'assistance, des assistés, alors que j'ai gagné deux fois leur salaire, avant. Autrefois, comme disait ma mère, autrefois c'était quand même plus facile, il n'y avait pas tout ça. Autrefois, j'avais un bureau pour moi toute seule avec mon nom sur la porte. Des cartes de visite. Des frais de mission sans plafond. J'ai toujours refusé d'avoir une secrétaire, je prends mes rendez-vous chez le coiffeur moi-même.

Une lettre de notaire, au contraire, c'est pas forcément une bonne nouvelle, pense-t-elle en reposant son verre vide. J'ai déjà donné tout ce que j'avais à monsieur mon mari, ex-mari. À partir de maintenant, on devra extirper de moi autre chose que des choses. C'est pas faute d'avoir fait des mines aux chasseurs de têtes, aux cabinets de recrutement, de replacement, de réinsertion – à peine s'ils ne m'ont pas traitée de vieille, alors que j'ai tout juste l'âge de ne pas faire d'enfants.

Si c'était pour me foutre dehors, songe-t-elle en se versant le dernier verre de blanc moelleux de supermarché, ça ne serait pas un notaire qui m'écrirait, mais l'agence. Ils ne vont pas laisser cette maison en l'état, ils vont effectuer des travaux considérables dès que le quartier aura pris la valeur de celui d'à côté. Trois chambres et un jardin, c'est une aubaine. La ville se vend à la découpe, les petites gens fuient vers des zones improbables et le demi en terrasse coûte désormais cinq balles. Des bières, je n'en bois pas souvent parce que ça fait grossir. On dit ça, l'amour fait grossir, petits plats en sauce, apéros et compagnie, mais Pascale s'en fout.

Si je suis à la rue, on va être obligées de vivre ensemble pour de mauvaises raisons ; est-ce que ça tue l'amour ? Écrase-moi, bébé, j'aime voir ta chatte toute brillante, étoilée de rosée, passer au-dessus de mon visage pour attraper une culotte sur l'étagère parce que l'appartement est tellement petit.

« Qu'est-ce que tu racontes ? demande Pascale en posant son sac, puis son béret par-dessus, à côté du canapé, tout en défaisant son manteau et en jetant un œil torve sur la bouteille de moelleux vide au sol.

— Des regrets, qu'est-ce que je peux en faire ! »

Pia devient péremptoire.

« On dit quoi, quand on est responsable de la mort d'un homme : oh, pardon, je regrette ? Désolée ? Excusez-moi ? Oups ? Je ne l'ai pas fait exprès ? Ah, non, non. C'est monstrueusement différent. C'est l'irréparable. Je ne peux rien donner de ma vie en échange pour que vous ne soyez pas mort, Henri !

— Chhhh, murmure Pascale en la prenant dans ses bras, je suis là.

— Regarde qui j'ai tué, continue Pia en tirant le carton à bananes et en brandissant la photo de l'homme sur le perron. Cet homme, ce bel homme, c'est Henri, non ? »

Pascale contemple la photo.

« Oui, il lui ressemble, en effet. On dirait bien que c'est lui. Mais ne dis pas que tu l'as tué.

— On va l'encadrer et la mettre au mur dans sa chambre. Avec un bandeau noir en travers, ça ferait chic, non ?

— Pas vraiment. Sa chambre ?

— J'ai compris où nous sommes, figure-toi. Je me suis souvenue de ses yeux, dans la voiture, et je me suis rappelé la photo dans son portefeuille ! Pascale, ça fait des mois et des mois, je me souviens seulement aujourd'hui de ce qui s'est passé à l'hôpital quand je lui ai pris les mains. Pourquoi aujourd'hui ? Je n'en sais rien. Et j'ai fait le rapprochement avec ce que je ressens dans la chambre là-haut, et toi tu sais que je ne suis pas timbrée, tu le sais ?

— Bien sûr. Tu n'es pas du tout timbrée, pourquoi tu dis ça ? Et qu'est-ce qui s'est passé à l'hôpital ?

— J'entends tous les jours son corps cogner contre ma voiture. Tous les jours. Je ne trouve pas de boulot parce que j'en ai peur ! Si j'en trouve, ils vont me foutre dehors encore et encore, mais si j'en trouve pas, je suis ramassée. Et voilà une lettre d'un notaire qui arrive justement quand je comprends que cette maison, c'est celle d'Henri. On est chez lui ! Et puis je suis certaine que son fils, François, ne veut pas la vendre, au cas où sa sœur reviendrait. Bien sûr ! La maison a été mise sur le marché quand j'ai dû quitter mon appartement, par hasard dans la même agence, alors qu'on n'est pas dans le même quartier. Tu crois au hasard, toi ?

— Quoi ?

— Je t'ai rencontrée à l'hôpital où mourait l'homme que j'ai tué et dont nous habitons maintenant la maison, murmure Pia. C'est un hasard affreux, mais c'est très beau aussi, non ?

— Je ne sais pas. Il y a l'enchaînement des choses, chuchote Pascale, une certaine logique. C'est surprenant, parfois. Tu es sûre pour la maison ?

— Oui ! Je vais souvent m'asseoir au bord du lit, là-haut. Je m'y recharge. À l'hôpital, quand nos mains se sont touchées, quelque chose comme ça est passé entre nous, avec Henri. Une énergie de joie. C'est vivant dans cette maison, maintenant. Dans sa chambre. Si tu veux, j'appelle l'agence et je leur demande si c'est lui. François Desormeaux, le nom du propriétaire, son fils. On n'a plus d'apéro ?

— Non, il n'y en a plus, et ça ira bien comme ça. La photo d'Henri, tu l'as trouvée où ? »

Pia désigne le carton à bananes.

32.

Chant des amours nouvelles

On ne sait pas ce que c'est que l'amour ni si l'on éprouve une bonne ou une moins bonne forme d'amour. Où l'amitié commence, où elle finit, où le désir commence, où l'espoir d'être aimé commence, où le besoin de tout donner commence. Où la fusion nous aveugle. Où l'intimité prend place, comment elle s'installe, pourquoi elle existe naturellement entre étrangers, parfois.

Habituellement, la bouche trouve la bouche et le baiser scelle la rencontre, il ouvre les cœurs et les corps. Habituellement, depuis l'adolescence, le baiser commence l'histoire de deux personnes.

Dans les auberges de montagne où ils louaient deux chambres contiguës, Fanny laissait Henri et Élise dormir ensemble et regagnait un lit froid. Elle voulait qu'ils se rapprochent au plus près, qu'ils se fondent dans la tendresse du sommeil. Élise la rejoignait au matin. Fanny voulait être leur femme.

Henri était son amant et Élise son amoureuse. C'est ce qu'Henri lui avait fait découvrir un jour chez elle, alors qu'elle faisait l'éloge d'Élise, de sa gentillesse, de sa douceur, de son érudition, de sa capacité d'émerveillement.

« Mais non, je ne peux pas être amoureuse d'une femme, voyons. À mon âge, ce serait déjà arrivé, je le saurais.

— Ça y ressemble beaucoup, avait répondu Henri.

— Ça ne ressemble à rien de connu, mais pas à ça. Si j'étais amoureuse, j'aurais mal de son absence. Je voudrais qu'elle m'appelle sans cesse, je voudrais la voir tout le temps, partir en voyage avec elle, la regarder au fond des yeux. J'aurais des papillons dans le ventre quand elle arriverait et je voudrais l'entendre me raconter sa vie, tous les détails de sa vie. Comme les amoureux, on s'offrirait des petits cadeaux, on irait au resto, on se tiendrait la main dans la rue. Alors qu'on s'aime, c'est tout, c'est pas pareil. C'est venu tout seul, d'un coup.

— Aucune raison que chaque amour soit semblable aux précédents. Celui-là est comme ça, tu ne le possèdes pas. C'est beau !

— C'est toi qui aimerais qu'on soit amoureuses.

— C'est sûr, ça me plairait. Mais c'est déjà le cas.

— Amoureuses de toi et amoureuses l'une de l'autre.

— Oui. »

Henri ne s'était pas empêché de sourire exagérément.

« Pourquoi pas ? Puisque moi, je vous aime l'une et l'autre et que vous m'aimez aussi. »

Fanny avait ri.

« De l'amourette, tu nous aimes d'amourette, comme quand on était ados ? Comme quand on ne pouvait pas se passer les uns des autres, même cinq minutes ? Mais moi, pardon, je t'aime mieux que ça, avait-elle dit en passant un doigt sur le visage d'Henri. Moi, je veux te chérir, lui avait-elle glissé à l'oreille.

— Arrête, avait grondé Henri. Tu fais l'âne pour avoir du son. Je veux vous rendre heureuses. Je vais tout faire pour vous. Tu vas voir. Je vous prépare une énorme surprise. Élise nous apporte la fraîcheur, la vigueur, elle nous lie. Mais toi, viens dans mes bras, insolente. Je suis ton amant pour toujours et ton ami pour toujours, n'en doute pas une seconde. Vous êtes complémentaires et vous êtes l'unité. Ma seule femme possible, c'est vous. »

33.

Chant du garde des champs

Henri parcourut toute l'île un matin de printemps avec le garde, qui portait une arme à la ceinture, des bottes de cuir, une veste matelassée, un vieux chapeau de pluie noir huilé.

« Cent quatorze puits ont été creusés dans la gravière jusqu'aux nappes phréatiques, dit le garde. Autrefois, l'île était parfois inondée. Surélever les puits sur des socles en béton protège les captages. Vous voyez. L'eau de toute une capitale à portée de main, il suffit de la prendre telle qu'elle est, de la pomper, de l'envoyer dans les tuyaux, de la boire au robinet. C'est le plus grand champ captant d'Europe. »

Henri s'émerveillait.

« Les Romains buvaient la même eau, ajouta le garde.

— Ça n'est jamais la même eau, dit Henri en souriant intérieurement.

— Non, bien sûr. Mais ils pompaient aux mêmes puits. Quasiment les mêmes. C'est eux qui les ont faits. Si on voulait, on pourrait en pomper le double tellement la ressource est importante. »

Ils marchaient sur un sentier au bord des pelouses. L'île pointait sa proue vers le sud, prenant le large à chaque instant dans les remous du vieux fleuve et du canal.

« Comment sait-on que l'eau est propre à boire ? demanda Henri.

— Elle est filtrée par la gravière, elle est très pure. Sinon, dans le bâtiment là-bas, de l'autre côté, il y a un aquarium avec des petits poissons dedans. Ce sont des sentinelles. Si l'eau change, si elle devient moins bonne, ils meurent tout de suite. Ils sont plus sensibles que les capteurs et tous leurs machins.

— Par où passez-vous pour venir sur l'île ?

— Nous avons le droit d'utiliser les deux petits ponts. Nous avons les clefs des barrières. Sinon, il y a aussi un tunnel sous le Rhône, entre le bâtiment d'exploitation et les puits, pour les tuyaux, l'équipe et quelques visiteurs autorisés. »

Ils se dirigèrent vers les bois. De chaque côté du sentier, des bras morts du fleuve clapotaient, grouillant de vie.

« Ça, ce sont les lônes. C'est un mot local. Les pirates, enfin, les braconniers, venaient capturer les poissons dans les lônes. Plus facile que de pêcher directement dans le fleuve, à cause du courant. L'île était un sacré lieu de braconnage. Et pas que. Vous êtes d'ici ?

— Je me suis laissé dire ça, en effet. Oui, je suis né à la Guillotière. Mais personne ne connaît cette île, je n'en avais jamais entendu parler. C'est comme si elle était invisible depuis la ville. Il y a des animaux migrateurs qui y transitent, je crois ?

— Plein. C'est un espace de transhumance. Faut dire que la flore aussi est protégée, j'ai cinq collègues qui s'en occupent, de la faune et de la flore de l'île, toute l'année. Ils fauchent, creusent des mares pour les grenouilles, tout ça. On voit des oies, des canards, un paquet d'oiseaux. À la fin de l'hiver, ils s'en vont dans l'autre sens alors que la neige vient à peine de fondre. Ils boivent aux bassins de retenue.

— Pas très étrange, pour des oiseaux migrateurs.

— On a des hirondelles et des oies qu'il n'y a pas ailleurs. Simone vous le dira, elle les connaît bien. Et d'autres volatiles assez rares. C'est protégé, on leur fout la paix, personne n'essaie de les engluer, de les piéger ou je sais pas quoi encore. On les emmerde pas. C'est un sanctuaire.

— Et dans les bois ?

— On a quelques cervidés, des mammifères plus petits, assez nombreux. Des loutres aussi, dans les lônes. Pas de chasseurs pour les dégommer sous prétexte de prélèvement et, je vais vous étonner, ça s'autorégule. Des animaux venus autrefois par le vieux pont. Les sangliers, ce sont de vrais sangliers, pas de pauvres bêtes croisées avec des cochons pour pondre des portées de douze marcassins deux fois l'an. Un vrai sanglier, ça met bas deux ou trois petits une fois l'an. Ça ne faisait pas l'affaire des enragés de la gâchette.

— Rien d'étrange, là non plus.

— Sauf quand ils s'approchent des bâtiments sans crainte parce que personne ne leur a jamais fait de mal. Ils n'aiment pas beaucoup les hommes, mais ils n'en ont pas peur. Ils ne font pas trop de dégâts, sinon, c'est vrai, on les emmènerait ailleurs.

— Alors, c'est mystérieux.

— Oui.

— Vous voulez parler de la maison de Simone ?

— Il y a longtemps qu'il n'y a plus d'autre habitation sur l'île. Depuis la fin des braconniers. Mais eux, c'étaient plutôt des cabanes.

— Vous les avez connus ?

— On peut dire ça.

— Comment expliquez-vous la présence d'une maison habitée, visitée, alors que l'île est sous haute surveillance ?

— Ah, ça ! On raconte que la Folie est magique, mais peut-être que c'est Simone, qui est magique. Je n'ai jamais vu personne d'autre que mes collègues se promener sur le terrain.

— Sinon, vous auriez dû les emmener ailleurs ?

— Comme les sangliers. Pour les mêmes raisons. Ça ferait facilement des dégâts, ou même pire. Alors, fit le garde en se tournant vers Henri, c'est vous qui rachetez ? »

Henri lui tendit la main.

« Oui, c'est moi. Henri Desormeaux.

— On m’appelle “le Louis”, dit le garde en lui écrasant les doigts. Vous serez tout seul ?

— Dans un premier temps, oui.

— Pas de famille, pas de chien, pas de business ?

— Rien de tout cela pour le moment.

— Bienvenue aux Champs captants, Monsieur. C’est un monde, ici, vous verrez. »

34.

Chant d'Olive

Ce n'était plus la même demeure, ni tout à fait le même parc. Henri a gravi les marches du perron, est entré, le cœur en émoi, par la porte à double battant qui donnait sur le grand hall sous son imposte rayonnante, l'ombre fraîche du jardin sur le visage. La Folie chatoyait, belle pour l'occasion. Elle minaudait comme une propriété de famille au vin d'honneur du mariage de l'héritière, ragaillardie, parée. Des massifs de rosiers perçaient la lumière, des glycines en fleur mêlaient leur parfum à celui du fleuve, ancien et profond. Henri tournait sur lui-même, cherchait des repères, ce qu'il avait vu et qui avait disparu, ce qu'il remarquait seulement, la serre aux vitres du toit entr'ouvertes, deux cabanes en pierre sèche, un muret, un cèdre, est-ce que tout cela était déjà là lors de sa visite diurne, quand il réfléchissait au devenir de la Folie ? La maison voulait lui plaire. Les tentures couvrant les murs avaient cédé la place à une élégante enfilade de pièces aux pierres apparentes où s'ouvrait parfois une alcôve boisée sur le salon meublé de canapés design. Henri a reconnu la salle à manger vaste et douce aux tomettes inégales, les tapis orientaux sur lesquels trônait la grande table, épicentre des soirées, la cheminée, les rideaux de velours écarlate. Simone est venue à sa rencontre en tailleur noir, les mains tendues, souriante et triste.

L'entreprise privée avait brusquement fait main basse sur la manne et lancé les travaux d'aménagement de la zone de captage qui rendraient l'île accessible par le nord. La valeur de la maison s'était envolée. Il fallait la sauver très vite. Sauver le souvenir des rires et des guitares, des divans profonds, des recoins bruissant de soupirs, et garder l'élégance des cœurs. La beauté de la Folie des Champs captants, inattendue, subtile, était menacée de mort. C'était le moment de donner à ces amours transgressives un palais digne d'elles. Henri voulait, dans un instinct protecteur qu'il n'avait encore jamais éprouvé, prémunir Élise et Fanny des fous furieux, des insensibles, des indifférents, du bruit du monde ; de l'obligation de blesser les autres pour manger plus que sa part du gâteau, de l'avidité qui dévore d'abord les âmes. Il voulait tenir à distance des deux femmes les tempêtes, les prédateurs. Étendre sur la chère tête blonde et la chère tête brune un dais brodé d'or qui ferait écran à l'accablante médiocrité des rapports humains. Il lui fallait les Champs captants. Il avait débusqué le havre des havres pour fuir et s'épanouir loin de l'opprobre qu'ils ne manqueraient pas tous les trois de susciter chez leurs contemporains. Les mots qu'on leur jetterait, il les pressentait déjà, leur obscénité, leur bassesse. Henri voulait être fort pour trois, écarter d'elles les regards pervers, envieux, et le pauvre sermon des donneurs de leçons.

« Je vais nous bâtir un écrin, la plus belle maison pour le plus bel amour. Triangle, équilibre somptueux, harmonie : je vais la refaire pour nous comme base, parfaite. C'est elle qui va nous unir. »

Simone l'a de nouveau guidé à travers les pièces, qu'il reconnaissait à peine. Les arbres, très proches des fenêtres, maintenaient la fraîcheur et tamisaient le soleil qui courait à petite allure sur les tentures d'un autre âge, sa lumière trempée dans les reflets du jardin, jamais assez drue pour filer jusqu'aux coins. La brise animait les murs frémissant au passage de Simone.

« Soyez délicat avec elle. Elle a besoin d'être rafraîchie, mais attention. Ne cassez rien, quelque chose de particulier doit rester intact, et je ne peux pas exactement t'expliquer quoi. Ici, il y a des fils qui nous relient au passé, à la nature, les uns aux autres, à l'essence même de ce que nous sommes. Ne les brisez pas, mais je ne peux pas te dire où ils passent. À vous de flairer. Il y aura du travail, tu feras venir des artisans qui n'ont pas toujours la patte légère. Surveille-les. Sois impitoyable. Préservez ce trésor, il vous rendra au centuple tout ce que vous lui donnerez. »

À l'étage, il imaginait déjà les cloisons tombées et l'espace redessiné, sauf une pièce mystérieuse à laquelle Simone non plus n'avait pas touché, qui semblait respirer dans un silence que le temps n'avait pas dérangé, un silence éternel. Ses papiers peints vert fané bougeaient sous le regard, le tapis ne gardait pas l'empreinte des chaussures. Une porte dérobée s'ouvrait sur un escalier de service débouchant dans l'arrière-cuisine. Henri y laisserait aussi les tapis usés, le lit en cuivre, la table de toilette en marbre avec sa cuvette basculante, l'armoire à la glace piquetée qui offrait du regardeur une image tremblante et le drôle de miroir, si sombre qu'on aurait dit que le tain avait disparu. Les filles l'appelaient la chambre olive. C'était leur préférée.

Le dernier soir, avant la fermeture définitive de la maison, une fois les ultimes invités partis, Simone, qui avait compris le dessein d'Henri mais n'en avait pipé mot aux filles, leur raconta au coin du feu l'histoire d'Olive Byrne et des époux Marston. Aux États-Unis, entre les deux guerres, William Marston et Elizabeth Holloway, mariés depuis un moment, s'unirent secrètement avec une doctorante de William, Olive Byrne, par amour. Olive était la fille d'Ethel Byrne, une infirmière féministe emprisonnée pour avoir diffusé des informations sur la contraception. Les époux Marston vécurent avec Olive Byrne jusqu'à leur mort. Tous trois étaient des universitaires très cultivés, en psychologie et en droit. Marston, docteur en psychologie assez atypique, avait inventé le détecteur de mensonges. Ils eurent quatre enfants, reconnus et adoptés par William, deux pour Olive, deux pour Elizabeth. Ce fut le foyer le plus heureux et soudé qu'on puisse imaginer. William était également auteur. Il écrivit avec l'aide des femmes de sa vie un récit fantasque qu'un ami illustra et qui rencontra un énorme succès. Il paraissait dans des revues de bandes dessinées, enfants et parents en raffolaient, si bien qu'il finit par avoir sa propre publication et fit bouillir la marmite de cette petite famille hors du commun. C'était l'histoire d'une jeune femme, demi-déesse aux pouvoirs magiques, assez court vêtue, qui défiait les forces du mal et se battait pour répandre un idéal d'amour et de compassion sur la terre. Marston voulait faire contrepoids aux superhéros bodybuildés de l'époque et propager les idées féministes. Il l'avait appelée Wonder Woman. La merveilleuse femme. La femme miraculeuse. Elle avait un petit faible pour le bondage.

Quand William mourut, Elizabeth et Olive restèrent ensemble jusqu'au bout. Elizabeth s'éteignit à cent trois ans.

« C'est très beau, dit Élise. On ne savait pas.

— Peu d'histoires d'amour de trois personnes sont aussi connues et aussi belles, continua Simone. Tristement, dans l'Amérique puritaine, Marston a perdu son emploi dans plusieurs universités quand sa vie privée a été dévoilée. Les gens ne comprennent pas, ils voient le mal partout. Ils vous parlent de cul. De bigamie. D'abjection, et je ne sais pas quoi encore. Olive et Elizabeth se sont choisies, elles n'étaient pas les appendices de l'homme.

— Beaucoup d'hommes sont affriolés par le fantasme de faire l'amour avec deux femmes en même temps, c'est très banal, ça les rend dingues, commenta Élise. Le point de vue viriliste, c'est deux femmes pour soi, et non deux femmes pour elles-mêmes avec soi.

— Quelle chance d'être aimé deux fois, répondit Fanny, d'aimer deux personnes aussi fort l'une que l'autre. On fait circuler l'amour. »

Henri se mordit les lèvres, car il s'était vanté – discrètement, bien sûr, mais quand même – de cet exploit auprès de son collègue Robert. Un jour qu'il retournait tard au bureau : « Mais où étais-tu ? Je te cherchais partout. » avait questionné le collègue, et il avait répondu : « Au lit avec mes deux maîtresses, la brune et la blonde. — Un vrai comique, cet Henri ! Tu charries, ça va ! » Mais Robert avait tout de même jeté un regard méfiant vers Henri, la cravate desserrée, épanoui dans son fauteuil.

« Il faut une force de caractère peu commune, précisa Simone. La chambre verte, je l'appelle la chambre Olive. Olive Byrne était magnifique, brillante, aimante, généreuse (elle a laissé Marston s'approprier ses recherches), bonne mère. À la mort de William, quand il a fallu travailler, elle est devenue infirmière dans un centre de santé maternelle. Elle est toujours restée la compagne fidèle d'Elizabeth. Elle a aimé William, Elizabeth et leurs quatre enfants follement.

— Je connais une autre Olive, dit Élise. Olive Schreiner. Magnifique écrivaine d'Afrique du Sud. Je l'ai traduite en allemand. Féministe aussi, infirmière aussi, et très engagée dans la lutte sociale.

— Deux marraines pour cette pièce. Deux modèles pour nous.

— Et une même couleur », ajouta Henri.

35.

Chant des miroirs

Henri a offert à la maison sa fortune. Soigneusement accumulée pendant une vie entière, elle trouvait là enfin sa raison d'être. Mois après mois et en secret, pendant qu'ils se rencontraient dans des hôtels de montagne ou chez Fanny, sans rien leur dire, ne répondant à leurs questions qu'évasivement, il devenait en dehors du travail le maître des Champs captants. Sur la rive nord du Rhône, à Crépieux-la-Pape, en haut de la colline, se dressait une charmante villa d'hôtes Belle Époque dont la terrasse dominait l'île. Ils louaient le petit gîte attenant pour de longs week-ends, mangeaient dehors en contemplant l'île, son grand pré rectangulaire émaillé de puits sphériques où couraient parfois des biches, ses bois épargnés dont les parfums remontaient avec ceux du Rhône jusqu'à eux et, quand le temps était clair, le mont Blanc au loin, coiffé de son majestueux triangle. Henri discernait avec délice le toit de la Folie parmi les arbres et n'en pipait mot.

« On pourrait aller chez toi ? a suggéré Fanny, qui aurait bien aimé connaître la maison de ville et la façon qu'avait Henri d'y habiter.

— Mes enfants ont les clefs, j'aimerais mieux pas. »

Mois après mois, il se penchait le soir sur des plans, des devis, des dessins. Les premiers temps, Simone, trop heureuse de passer le flambeau, l'accompagnait par les couloirs et les chemins du parc et lui suggérait des améliorations. Il arpentait l'île, suivait les travaux du pont, ceux du parc, ceux de la Folie.

« Évite le clinquant, avertit Simone, ça se dégrade, ça ne vieillit pas. Ta rénovation, elle ne doit pas se voir, elle doit seulement permettre à la maison de bien passer les années. De se patiner avec grâce. Les rides sur un beau visage, moi, j'adore. Ça me touche beaucoup plus qu'un lifting qui efface les traits. »

Il a fatigué ses comptes pour rafraîchir la demeure, avec la bénédiction active de l'architecte des Bâtiments de France, ravi d'aider à redonner vie à une vieille dame. Matériaux nobles à l'identique, tuiles anciennes récupérées, dalles et rosaces de marbre, portes en chêne, vitraux au plomb posés par des artisans haut de gamme. Il a fait installer des canalisations et des tuyauteries neuves, de l'isolation en laine de mouton, l'électricité aux normes, la chaufferie aérothermique, et planter des arbres presque adultes dans le parc en remplacement de ceux qui menaçaient de tomber. Dans l'étage redessiné, il a créé de grandes chambres, un bureau, laissant l'empreinte de la maison d'autrefois, les portes des nombreuses salles de bains cachées dans les moulures des boiseries, et la chambre olive intacte. Pas de sauna, de hammam ni de jacuzzi. Si les filles y tenaient beaucoup, on pourrait toujours aménager les communs.

« On appelait ces maisons Folies, lui a dit Simone, à cause de ce qu'on y faisait, mais aussi à cause des sommes folles qu'on dépensait pour les rendre belles. Elle t'a tourné la tête. Reprends le contrôle. »

Simone lui a donné quelques jolis meubles, des vieilleries qu'elle avait entassées dans le pavillon du gardien et les grands miroirs anciens déjà aux murs quand elle était arrivée, qu'il a fait restaurer et dont les bois et les stucs ont été redorés.

« Il faut absolument les garder, a-t-elle insisté. Ce sont les yeux de la maison, sa mémoire. Il se peut qu'ils murmurent à l'oreille des vivants. N'en ayez jamais peur. Ils en ont vu d'autres. »

Un jour, la Folie fut presque vide, à l'exception de douze grands miroirs différents : rococo, dans des volutes et des efflorescences florales ; Louis XV, entouré de feuilles dansantes ; Louis XVI, avec son médaillon et ses vastes guirlandes ; Restauration, plutôt carré et émaillé de coquilles ; Louis-Philippe, orné de perles, les épaules arrondies ; vénitien aux parcloses saillantes formant une farandole de petits miroirs ; d'autres coiffés d'un aigle ou couronnés de nœuds sophistiqués ; la plupart rectangulaires, quelques-uns ovales. Des trous en nuages piquaient les glaces au travers du mercure, de l'étain, de l'argent et du cuivre. Les plus hauts étaient surmontés d'un trumeau peint où un Pierrot parfois flottait sur une barque pour rejoindre une île dans un paysage incertain.

Henri acheta des lits de très grande taille pour les chambres, et s'arrêta. Il lui semblait qu'il manquait quelque chose, mais il ne savait pas quoi. Une table, certainement, des chaises, sans doute, mais lesquelles ? La cuisine avait été équipée jusqu'aux moindres ustensiles par des professionnels, il n'avait rien choisi. Il déambulait dans les pièces sonores et se sentait idiot. Il aurait voulu offrir aux deux femmes un décor chaleureux, des tapis sur les dalles, mais comment ? Il se dit qu'elles sauraient mieux que lui, qu'il fallait maintenant leur ouvrir les portes. Il invita Simone à venir admirer son œuvre. Elle versa quelques larmes en partant.

« Je ne sais pas ce que tu as fait, Henri. Je ne reconnais pas cet endroit. Mais je peux te dire qu'il y règne une douceur étrange que même moi je n'avais pas réussi à créer. Vous y serez très heureux. »

Henri conduisit un samedi matin Élise et Fanny devant le perron, sans répondre à leurs exclamations. Leurs voix émerveillées rebondirent sur les murs, les planchers, les plafonds, sur les marches de l'escalier monumental, sur les carrelages neufs des salles de bains. Les miroirs anciens rappelaient à Élise ceux de la maison de Hambourg où elle s'était rendue jusqu'à la fin de son adolescence. Là-bas, ils ne reflétaient que l'ombre des longs couloirs glacés ou le vide d'une salle à manger abandonnée au froid, quand les habitants se repliaient dans la grande cuisine pour manger autour du poêle. Leur surface lisse et noire comme un trou ajoutait à sa peur, agrandissait les murs interminables sous des plafonds disparus. Son oncle et sa tante ne semblaient pas remarquer sa présence, et les miroirs non plus. Elle errait au travers de pièces à peine éclairées par souci d'économie, un mausolée où rien ne reflétait rien, où tout avait été englouti, le jour, le passé, même les meubles, momifiés pour l'éternité.

Comme il n'y avait pas encore de sièges, ils allèrent déjeuner dans un restaurant au bord du fleuve. À l'apéritif, Henri sortit de sa poche deux jeux de clefs.

Fanny mit la main devant sa bouche et retint ses larmes pendant qu'Henri expliquait son projet et leur demandait de vivre avec lui aux Champs captants. Elles auraient toute latitude pour finir de meubler et décorer la maison. Le bureau serait pour Élise, mais si elle voulait s'installer ailleurs pour travailler, dans les communs, par exemple, on pourrait imaginer autre chose. Il ne fallait pas toucher aux miroirs.

« J'ai lu que les miroirs sont les portes par lesquelles la mort va et vient.

— Élise, ça n'est pas le moment de parler de mort.

— La mort s'en va par les miroirs, répondit Élise à Fanny, on les couvre après un deuil pour que l'âme du défunt ne revienne pas. Et nous, on arrive.

Henri a donné à la Folie une nouvelle vie à laquelle elle ne s'attendait sûrement pas.

— Il paraît que rêver d'un miroir est un excellent présage. Alors, j'espère que nous allons rêver d'eux pour qu'ils nous fassent bon accueil, dit Henri.

— Tu crois aux présages, maintenant ? demanda Fanny. Tu as passé trop de temps avec Simone, elle t'a changé. Ou c'est la maison qui t'a changé.

— Vous me trouvez changé ?

— Oui, affirmèrent-elles presque en même temps.

— Comment ?

— Tu es plus calme, plus joyeux, plus mystérieux, fit remarquer Fanny. Tu as perdu un peu de tranchant, sans vouloir te vexer.

— Tu vois au-delà des choses, ajouta Élise, comme quelqu'un qui a un plan, comme si tu venais de finir un bateau pour aller découvrir l'Amérique. »

Henri baissa la tête pour cacher son trouble. Puis il leur jeta un sourire d'enfant.

« Je découvre, *on* va découvrir l'Amérique ensemble, tous les trois. »

36.

Chant bouriate

Ce fut un printemps d'orages. Des averses drues succédaient aux rayons étincelants et chauds, les coups de vent qui secouaient le parc éparpillaient les effluves du jasmin escaladant la façade, de l'eau froide du fleuve et mourante des lônes. Fanny emménagea entre deux averses. Elle avait quitté son petit appartement tout à fait, donné congé à quelques employeurs, en avait gardé un seul, une association d'aide aux personnes âgées à domicile. Ils entassèrent ses affaires et la plupart de ses cartons dans le pavillon du gardien, laissé dans son jus près de la grille du parc. Élise arriva un soir avec son ordinateur, sa tasse fétiche, une valise de vêtements et un sac à dos plein de livres. Ils campèrent dans une maison sonore.

« Comme vous voulez, disait Henri quand elles lui demandaient de choisir entre des meubles contemporains et des antiquités pour le salon.

— Ça n'est pas une réponse. C'est ta maison.

— Notre maison.

— Ta maison. Le cachet que tu veux lui donner, c'est son âme.

— Non, c'est à vous d'inventer la chair, l'odeur, les couleurs que vous voulez pour elle. D'ailleurs, elle vous y aidera. Peu importe le prix. »

Elles achetèrent peu de choses, en premier lieu une grande table à manger pour recevoir des amis. Élise détestait les objets de décoration, Fanny pensa qu'elle y viendrait plus tard. Il leur plaisait à toutes les deux que le mobilier très sobre flotte dans l'espace. Sans le savoir, elles posèrent les fauteuils neufs à quelques centimètres de l'endroit exact où ils se trouvaient au XVIIIe siècle. Elles dénichèrent par hasard dans une vente aux enchères trois immenses tapis d'Orient avec les mêmes motifs que ceux qui recouvraient les dalles au XIXe siècle. La maison commençait à leur jouer des tours.

Henri, jamais à court de surprises, apporta un jour un chiot ébouriffé marron et noir de quelques mois.

« Pour vous protéger. Ils l'appellent Hotocho, il est bouriate. J'ai toujours voulu avoir un bouvier mongol. Ils sont puissants et affectueux. En plus, nous contribuons à sauver une espèce en voie de disparition.

— Le Louis va te tuer, avertit Élise. Il avait bien dit : pas de chien sur l'île.

— La clôture est terminée, répondit Henri en caressant la petite bête étonnée. Je vous apporte un excellent gardien de troupeau. Il n'ira pas galoper partout, il restera dans le parc, qui est assez grand pour qu'il s'ébroue. Il ne fera pas de mal aux animaux.

— S'il manque une seule belette, je le renvoie direct en Mongolie.

— Oh ! s'écria Fanny. Mais quel amour ! Comme il est beau ! Regarde, on dirait qu'il a un "Z" sur la poitrine. C'est un mâle ou une femelle ?

— Il est capable de retourner à Oulan-Bator tout seul à pied si tu n'es pas tendre avec lui, jeta Henri.

— Mais oui ! s'exclama Fanny. Ce sont des chiens aux pouvoirs magiques !

— Ils pèsent une tonne à l'âge adulte. Et ça vit très vieux, ces petits machins-là, dit Élise en le prenant délicatement des bras d'Henri.

— C'est un mâle.

— Quelle mignonne petite bouille, murmura Fanny en embrassant la truffe de l'animal. Il a des yeux intelligents. Tu savais que c'est probablement la race la plus ancienne du monde ?

— Oui, je le savais. Et je croyais vous faire plaisir, dit Henri, la voix un peu voilée par la déception.

— Merci, mon Henri. C'est une super surprise et une bête merveilleuse. »

Fanny se saisit du chiot lové contre le cou d'Élise.

« Les chats sauvages vont adorer, fit Élise.

— Il ne s'attaquera pas aux chats, répliqua Henri. En revanche, les sangliers ont du souci à se faire s'ils essayent de franchir la clôture. On va pouvoir faire nos plantations tranquillement, fini le saccage. Et tu ne seras jamais seule pendant la journée.

— À condition qu'il n'aboie pas, qu'il dorme dehors et qu'il ne pisse pas sur les tapis.

— Mais non, le bouvier est un grand calme, pas un petit roquet nerveux, dit Fanny, tu vas voir. On va bien le dresser. Il te défendra jusqu'à la mort sans moufter. C'est Hotocho, son nom ?

— Non. Hotocho est le nom de cette race de chiens en Mongolie.

— Alors Zorro, à cause du "Z" sur sa poitrine.

— C'est l'année des "D".

— Don Diego ! proposa Fanny. Protecteur de la veuve, de l'orphelin, des belettes et des amoureux des Champs captants ! »

37.

Chant du bureau

Ils faisaient l'amour dans toutes les pièces, la maison ne s'en est pas étonnée. La chambre olive gardait leur préférence, peut-être à cause du miroir, qui répandait tendresse et volupté avec tant de ferveur qu'ils se saisissaient parfois de quelques objets cachés sous le lit et flottaient bientôt, haletants, mains entrelacées, dans un vertige abyssal.

Élise a rapidement fui son bureau attitré pour s'établir dans une chambre délabrée du pavillon du gardien, mal chauffée par un poêle cacochyme déniché dans le garage. Le bout de son nez froid et ses jambes surchauffées par le poêle dans l'odeur doucereuse du fuel et du vieux plâtre lui convenaient très bien. Elle y travaillait jusqu'au soir.

Henri et Fanny allaient à sa rencontre en bras de chemise, sous le grand parapluie rouge, jusqu'au portail du parc qui grinçait dans les branches, alertés grâce aux oreilles fines de Don Diego, déjà sur le qui-vive, en faction devant la porte. Ils marchaient dans les flaques, reniflaient les odeurs sauvages de l'ail des ours, de leurs cheveux mouillés, et le parfum suave de la rigole entre les seins d'Élise, qu'ils venaient lécher quand elle entrait dégoulinante dans la maison, tapant des pieds sur le paillasson pour le plus grand bonheur du chien. Dès la fin du printemps et jusqu'à l'automne, elle sortait sa petite table et sa chaise pliante sous les frondaisons, près des haies vives, sous l'auvent du pavillon, partout où le texte qu'elle traduisait lui intimait de s'installer. Don Diego apprit à se tenir assis à côté d'elle sans bruit, les oreilles frémissantes.

« La mort s'en va, s'en vient, avait murmuré le miroir piqueté sur la cheminée, mutin avec sa guirlande de rubans en plâtre doré. Les mots morts de ton écrivain mort, tu leur donnes une nouvelle vie, mais toi, tu veux rester d'un seul côté. Le pourras-tu ? »

Élise n'en a rien dit. Henri a investi la pièce délaissée par Élise, sourd au message ambigu du miroir. Il a fait poser de la moquette épaisse et des rideaux très lourds, une bibliothèque en acajou, un secrétaire directorial massif et un fauteuil de salon.

« Tu as raté ta vocation de notaire, ironisa Élise. Avec deux fauteuils en cuir Chesterfield, tu auras un bureau anglais. *Very cosy*.

— Je mets quoi sur les murs ?

— Des scènes de chasse à courre ?

— Des estampes japonaises ?

— Des clowns ? »

Élise s'assit sur un coin du siège.

« Je peux travailler partout, dit-elle. Dans le pavillon, dans la cuisine, dans le parc. Pas ici. Je n'ai pas encore tenté la serre, mais j'y pense. C'est bien que tu aies capitonné la pièce. Je ne sais pas si ça changerait quelque chose pour moi. »

Henri vint se coller contre elle, les bras autour de ses épaules.

« Où tu veux, ma belle. Ça ne fait rien. On t'arrangera un coin à l'ombre dans la serre. Installe-toi dans ma chambre, si tu préfères. Tu peux travailler près de moi quand je dors.

— Pas possible en présence de quelqu'un.

— Dans cette pièce, il y a quelqu'un ?

— Beaucoup trop de monde.

— Tu as essayé la chambre olive ?

— Henri, c'est bien pire. On est trois, mais dans ce miroir-là on est neuf, trente, des centaines. Ils multiplient le nombre des hommes.

— Fanny l'adore.

— Oui, elle voit des ombres dans les miroirs. »

C'étaient des souvenirs de rêves, des corps nus nombreux entrelacés sur lesquels se reflétaient des lumignons rouges, des femmes en robe du soir rectifiant leur rouge à lèvres. Comme si certains miroirs avaient imprimé sur la pellicule de nitrate d'argent, de cuivre et d'étain des gestes et des corps d'autrefois et qu'ils les regardaient depuis le présent au travers d'une glace sans tain, indiscrets, voyeurs. On aurait dit que toutes les peines, les douleurs, les affres, les crimes même de ces aristocrates charmants, la maison les en délestait par les miroirs, les cent quatorze puits agissant telle une prise d'eau pour envoyer au fond du fleuve le poids sur leur cœur.

Henri tourna autour du bureau et s'assit dans le fauteuil. Il contempla Élise, sa fine silhouette compacte, ses yeux pervenche, sa bouche un peu tendue qu'un regard appuyé ouvrirait légèrement, ses boucles brunes. Son ventre se serra de tendresse.

« Viens par là. Plus près. Toi, il te faut de l'ailleurs, dit-il en la déshabillant très lentement.

— Tu es mon ailleurs aussi.

— C'est parce que je suis ton autre.

— Mon autre, mon hôte, mon homme.

— Allons dans ta chambre.

— Non, on n'a pas encore inauguré la moquette.

— Je me sens observé. »

Élise se posta toute nue devant le grand miroir Napoléon III au-dessus de la cheminée de marbre noir et envoya un baiser du bout des doigts.

« Aucun miroir n'est pudique, dit Henri.

— Surtout pas ici. Mais ils peuvent regarder ailleurs. Enlève tes chaussettes, Henri. »

38.

Chant de la solitude

Les deux femmes dans la cuisine s'affairaient sans se gêner et en silence. Leurs mouvements étaient devenus très paisibles et doux, elles n'entrechoquaient pas la vaisselle, agissaient en harmonie, selon une chorégraphie tout intérieure. Élise suivait volontiers les conseils de Fanny, qui avait élevé trois enfants tout en travaillant et possédait le geste précis et sûr. Enfin, place lui était donnée pour lâcher la bride à sa créativité, imaginer des recettes plus élaborées qu'autrefois avec les meilleurs produits de la ville.

Fanny concoctait les projets de repas pour la semaine, qu'elle réalisait seule ou avec Élise, selon leurs emplois du temps. Parfois, Élise s'essayait à une recette de chez elle, pour l'exotisme, pour le plaisir de leur faire plaisir, de les servir à table, de les laisser se détendre. Henri, que la cuisine terrifiait, avait supplié qu'on lui épargne cette tâche, en échange de quoi il faisait et payait les courses et prenait soin, comme promis, de Don Diego. Le ménage s'effectuait à tour de rôle, ainsi que la lessive, dans la buanderie des communs. Henri avait proposé d'embaucher quelqu'un pour l'entretien de la maison et du linge, mais elles n'avaient pas pu s'y résoudre. Quant au jardin, auquel tous trois adoraient travailler, c'était selon les envies et les disponibilités de chacun, si possible ensemble. Une grande nouveauté pour Henri, qui n'avait jamais tondu une pelouse ni planté un bulbe. Le parc exigeait beaucoup d'entretien entre mars et octobre, d'autant plus qu'Élise demandait qu'on limite l'usage des machines à moteur pour ne pas déranger les animaux de l'île, déjà grandement perturbés par les travaux près de la pile nord.

Quand ils organisaient une fête, ils embauchaient le cuisinier de Simone. Sur ses conseils, Henri constitua une cave à vin dans le même local, à peine amélioré, construit sous la maison au XVIIIe siècle. Le cuisinier passait commande aux producteurs et aux cavistes qu'il connaissait. Le vin aux Champs captants était goûteux, subtil, puissant ou léger, ancien ou jeune, étincelant ou sombre, ample, velouté, fleuri, fruité, boisé, pulpeux, charnu, sensuel comme la nuit qui s'ensuivait entre leurs bras, délicats comme leurs matins. Jamais dur ni insipide, conventionnel ni convenable. « Ce qui est convenable ne nous convient pas », avait affirmé Henri. Leur vin avait son caractère et ne plaisait pas à tout le monde. Avec le temps, un véritable trésor s'accumula dans la cave. Henri supportait de moins en moins la banalité. Le petit comptable qu'il avait été contemplait avec stupéfaction le quinquagénaire renaissant, prodigue, exigeant, dont le goût s'affirmait pour le beau et le bon, lui qui ne discernait pas autrefois ce qui manquait à sa vie. Le cœur à nu, Henri travaillait à l'intérieur, dans le jardin, rebondissait d'une femme à l'autre, adoucissait leurs alarmes, renforçait leur tendresse.

Il arriva qu'un jour Henri doive démarcher des clients loin de la ville, que Fanny rende visite à ses enfants et à son jumeau et qu'Élise reste seule, pour son plus grand plaisir. Mais ce soir-là, elle fit entrer le chien dans le hall et alluma toutes les lumières. Pour conjurer la peur qu'elle attendait. Qui ne vint pas. Au lieu du serrement de ventre familier quand un bruit inconnu retentissait dans le silence, Élise éprouva au contraire une tendresse émue pour la Folie, dont elle entendait pour la première fois les moindres craquements, frottements, claquements. Alors elle éteignit les plafonniers, laissa des lampes de coin pour jouir de la hauteur des plafonds, du volume inhabituel des pièces, souriant comme la reine en sa demeure, satisfaite de l'ordre qui régnait, approbatrice de la beauté, de l'ordonnancement du mobilier et des rares objets chinés, maîtresse pour un soir des lieux qui n'étaient pas à elle, mais dans lesquels sa place était incontestable. Dans le couloir du premier étage, à la douce clarté des appliques, elle s'allongea sur le long tapis et écouta battre le cœur de la maison. Le sien. Son corps dans les miroirs se diffractait à l'infini, jusqu'à celui d'une petite fille effrayée, solitaire, dans un couloir allemand immense et chargé de meubles menaçants, à qui elle murmura que, maintenant, elle ne devait plus rien craindre car, quand elle serait grande, elle vivrait dans un château avec des gens merveilleux qui se souviendraient bien d'elle et qui la consoleraient. Toute peur la quitta et elle respira au rythme du vent du fleuve caressant le toit.

Élise traduisait un écrivain juif ayant échappé tout enfant à la destruction de sa famille. Il respirait avec eux, malgré eux, pour eux. Un soir, elle posa son visage dans ses mains comme dans une vasque, prit une profonde inspiration, rejoignit son père noyé, respira à travers la mort. L'accueillant en expirant, s'en détachant de nouveau en inspirant. Elle sentit son amour désolé, accablé de l'avoir perdue. Il m'aime encore, sut-elle.

Fanny rentra la première quelques jours plus tard et trouva Élise dans le bureau d'Henri, des dictionnaires et des livres autour d'elle, travaillant à l'ordinateur. Elle s'assit dans le fauteuil pour bavarder.

« Tu ne veux plus du pavillon ?

— Je suis bien ici, maintenant. Mais j'y retournerai pour laisser la place à Henri. J'ai *mes heures de chaumière et mes heures de palais*, comme dirait l'autre. Je te raconterai.

— Élise, j'ai revu Stan. Il m'a emmenée dans un donjon.

— Ah.

— Ne te fais pas de souci, c'était très soft. Assez rigolo.

— Ce n'est pas mon idée de la rigolade. Raconte.

— J'y trouve une solitude qui me plaît. On ne peut pas dire que ce soit du partage. J'y suis seule avec l'autre, et je ne jouis pas. Pas vraiment, c'est autre chose. Une relation bizarre, un certain pouvoir. Ça se fait avec beaucoup de respect. Même un genre de tendresse. Évidemment pas de tristesse, puisque tu exprimes tout de suite ce que tu veux ou pas, aucune obligation de résultat. Ça libère aussi, je crois. Je teste mes limites.

— Oui. Difficile de revenir aux plaisirs simples, après. Tu as eu mal ?

— Non, pas vraiment. Mais je sais, tu as raison. Je suis prudente. C'était juste pour voir. »

Au soir, unifiées par la maison, par les amours vécues au fil des âges, par les spasmes et les larmes de femmes que le grand miroir de la chambre de Fanny avait retenus, elles se turent pour écouter. Elles entendirent celles qui pleuraient juste après le plaisir parce qu'il n'avait pas touché au cœur, au don absolu à l'autre et dans l'autre mais seulement aux organes, et, malgré la fougue et la force du déferlement, cela ne suffisait pas. Rien n'est complètement transfiguré par la seule jouissance, c'est de cela qu'elles pleuraient.

Les deux femmes s'endormirent dans des odeurs d'abeille.

39.

Chant des maisons

Les saisons comme des nuages roulèrent sur l'île et sur la Folie des Champs captants, année après année, avec leurs ombres et leurs lumières. Don Diego devint un grand mâle puissant et doux, désespérément amoureux de Fanny et respectueux des petits animaux du parc.

Henri fit recouvrir de tuiles anciennes le toit du pavillon du gardien, isoler la charpente et la cave, changer la chaudière et installer le wifi afin qu'Élise ait moins froid et travaille confortablement. Ils projetèrent tous les trois de rénover entièrement la maisonnette. Ils passèrent de nombreuses soirées autour de la table de la salle à manger à fantasmer une maison d'amis, ou une maison d'amours, ou de jeux, une maison de fantaisie, un ailleurs à la Folie, une projection de leurs dessins d'enfant avec la cheminée qui fume et des escaliers en papier, pirouette, cacahouète. Ils imaginèrent d'abattre le plancher de l'étage, de construire un âtre immense et de créer des espaces intermédiaires suspendus pour lire, dormir, travailler, faire l'amour, prendre le thé, faire la sieste ou regarder par la fenêtre le parc d'un côté, les bois de l'île de l'autre. Sans oublier une petite pièce secrète pour se retirer. Ils rêvèrent à une maison de plaisir des sens avec des coins dédiés à la musique, à la lecture, au sexe, au goût et au corps tout entier dans une grande baignoire entourée de baies vitrées. Élise fouina dans les librairies et revint avec des ouvrages de toutes sortes sur l'architecture, les constructions japonaises traditionnelles, les aménagements intérieurs originaux et les peintures murales romaines. Assis dans le canapé, ils feuilletèrent, s'exclamèrent, cornèrent des pages et gribouillèrent sur des carnets des projets loufoques et délicieux.

Pendant les dîners avec les amis, ils partageaient leurs réflexions et recueillaient celles de leurs invités – murs végétalisés, maison passive, panneaux solaires sur l'auvent, récupération de l'eau de pluie, toilettes sèches… Quelques-uns des artisans étaient devenus des proches. On avait plaisir à refaire l'histoire des travaux et à en ébaucher d'autres avec eux autour de bonnes bouteilles.

Les dîners se firent nombreux avec le temps. Fanny progressait merveilleusement aux côtés d'un professionnel. La Folie soupirait d'aise quand les portières claquaient devant le perron et que les hôtes montaient les marches pour rejoindre Henri devant l'entrée. Elle revivait enfin dans l'éclat de toutes ses lumières lorsque les voix, la musique et les bonnes odeurs de cuisine emplissaient l'espace. Don Diego s'était révélé très sociable, même s'il ne relâchait jamais sa vigilance et aurait mis en pièces un fâcheux. La difficulté consistait principalement à choisir parmi les relations de chacun des personnes qui sauraient s'entendre, quitte à constituer des petites tablées par affinités. Si les amis d'Élise venaient essentiellement de l'université, elle était en contact amical avec nombre de gens d'origines très diverses – journalistes, techniciens, écrivains, artisans, traducteurs, agriculteurs, aviateurs… – auprès de qui elle prenait conseil pour ses traductions vers le français. Fanny, surtout, connaissait beaucoup de monde. La bâtisse impressionnait considérablement ses connaissances lors de leur première visite, pour le plus grand plaisir des trois habitants, particulièrement quand des regards interrogateurs passaient de l'un à l'autre, essayant de comprendre où était le couple. Ces soirs-là, Fanny riait de cette façon particulière et troublante, son rire decrescendo tombant comme un oiseau du nid.

Le pavillon fut déclaré maison de tous les bonheurs. Il lui fallait les couleurs des villas romaines, de l'ocre, du vermillon, du vert pâle et un beige doré. Pas de fresques, bien sûr, mais un ensemble sensuel et élégant pour le luxe et la volupté. Ils feuilletèrent différents nuanciers, choisirent de la peinture anglaise. Les pots s'entassèrent dans les communs en attendant les travaux.

Élise avait pris l'habitude de retourner chez elle pour y dormir de temps en temps. La première fois, en s'asseyant dans son appartement muet et froid, elle se demanda où elle habitait. Son cœur était sur l'île, ses pieds dans le petit logis avec ses archives, ses livres, ses photos de famille cachées au fond d'un coffre. Sa chambre des Champs captants n'était pas pour autant une chambre d'invitée ou d'hôte de passage. Elle y vivait un amour grave et léger qui n'exigeait pas qu'elle renonce à sa vie. L'appartement était devenu sa base arrière, pour conserver les vêtements qu'elle ne mettrait jamais, les meubles dont elle ne pourrait pas se séparer, même s'ils ne lui disaient rien qui vaille, les papiers accumulés. Elle avait hâte d'en partir, mais aimait y revenir, particulièrement de retour de Paris après les rencontres avec ses éditeurs. Il lui était plus facile d'y organiser le travail des mois à venir, assise au petit bureau ancien sur lequel elle avait fait toutes ses études et ses premières traductions. « Celui qui a deux maisons... ? » pensait-elle.

Henri ne retournait dans sa maison de ville qu'épisodiquement, pour l'aérer. Il l'avait prise en grippe. Tout ce dont il avait besoin, il l'avait transféré aux Champs captants. Les souvenirs le saisissaient à la gorge dès l'entrée, malgré les belles heures passées à concocter la rénovation de la Folie. Plus il comprenait qu'il avait abandonné sa femme dans cet endroit mourant, plus il dépensait pour offrir à Élise et à Fanny le confort et la beauté qu'il avait refusés à Mélanie. Il rencontrait autrefois ses enfants chez leur tante, tous les quinze jours pour le déjeuner du dimanche. Depuis que son fils tentait l'aventure dans une ferme communautaire, il ne donnait plus de nouvelles. Sa fille refusait de le voir et menaçait de partir à l'étranger avec le premier venu.

C'est pourtant dans la maison de ville qu'il se rendit après son entretien préalable au licenciement avec le directeur du cabinet de conseil en finance et gestion de patrimoine dans lequel il travaillait depuis quinze ans. Trop de rumeurs défavorables sur sa vie privée, lui dit-on en lui offrant une somme confortable. « On ne peut pas se permettre d'avoir un problème de moralité. Il faut partir avant que l'image du cabinet en soit ternie. » Ils avaient longuement hésité au regard de son âge et de la qualité de son implication passée, qui s'était malheureusement dégradée ces dernières années. On lui donna trois mois pour clore ou transférer ses dossiers à un collègue afin de ne pas inquiéter les clients, Robert ayant pris sa retraite.

Dans la cuisine en formica jaune éteint, Henri s'assit à la table, les mains sur les genoux, et compta. Sa fortune s'engloutissait dans les bâtiments, l'entretien et le train de vie somptuaire de la Folie des Champs captants. Son salaire et les primes lui permettaient d'équilibrer les dépenses du quotidien pour trois adultes, un chien considérable, trois cents mètres carrés habitables et un parc de quatre hectares. Ce que gagnaient les deux femmes leur servait d'argent de poche, même si elles participaient de temps en temps aux charges de la maison. Mais maintenant ? Sans travail, combien de temps le chômage et ses seules économies leur assureraient-ils une vie confortable ensemble ? Il pourrait toujours vendre la maison de ville, bien qu'il la destinât à ses enfants. Son cœur se serra si fort qu'il dut monter à l'étage en tenant la rampe. Il s'allongea sur son lit et batailla longtemps pour retrouver son souffle dans la douleur.

Avant que sa mésaventure s'ébruite, il chercha un nouveau poste. On l'embaucha à l'essai à une heure de route de l'île. Il élabora une excuse pour Élise et Fanny, car il partait très tôt le matin et rentrait après le dîner, qu'elles lui gardaient soigneusement au chaud. Les nouvelles méthodes de ce cabinet, une rapidité d'exécution inconnue de lui, et la fatigue grandissante liée en partie aux deux heures de trajet quotidien et aux journées de douze heures eurent raison de sa concentration. On lui signifia son congé au bout des trois mois de mise à l'épreuve, malgré son carnet d'adresses très fourni.

« Vous allez nous manquer, monsieur Desormeaux, dit en le raccompagnant à sa voiture un collègue junior qui l'avait gentiment aidé à s'acclimater. J'ai beaucoup appris avec vous, je suis désolé que vous ne restiez pas. »

Henri le remercia avec un sourire et s'installa derrière le volant.

« En plus, je suis sûr que ça n'est pas vrai, ce qu'on raconte, ajouta le jeune homme, dont la mèche blonde tombait sur son visage poupin alors qu'il se penchait vers la vitre de la portière.

— Quoi ? Qu'est-ce qu'on raconte ?

— Que vous vivez avec des femmes dans une maison de passe. Pas vous !

— On vous aura mal renseigné, mon ami, répondit Henri d'un ton cordial. Les maisons closes ont fermé en 1946 ! »

Il démarra. La rage lui montait à la gorge et il aurait voulu envoyer sur ce minois de louveteau un poing vengeur qui aurait écrabouillé son air malin. Henri, pour la première fois, se sentait humilié dans sa carrière, humilié dans sa vie personnelle, piégé, perdu. Au lieu de prendre la route du retour, il se dirigea vers les montagnes et conduisit sa voiture puissante aussi vite que possible dans les virages afin de retrouver le calme. Rien n'y fit. Au bout d'une heure, son cœur le faisant trop souffrir pour qu'il puisse continuer à conduire, il réserva une chambre dans une des auberges qu'ils avaient tant aimées et s'allongea. Quand le violent élancement dans son bras gauche ne permit plus de doute, il appela le Samu.

40.

Chant du cœur

La lame du couteau glissa entre la peau du hareng fumé et la chair orange. Fanny étendit la tranche sur le pain grillé avec les autres dans l'assiette, saisit le plateau et s'en alla dans le salon. Elle déposa le plateau sur la table basse, devant le canapé, à côté de la bouteille de vin et des verres. Élise la remercia, vautrée dans les coussins, zappette à la main.

« Qu'est-ce que tu regardes ?

— L'histoire de la fille chamane, tu sais. »

Élise se souleva, attrapa la bouteille et le tire-bouchon, enfonça la pointe métallique dans le liège, se leva en tenant la bouteille, la plaça sur le sol entre ses pieds, la serra fortement, tourna le tire-bouchon jusqu'à la garde et tira de toutes ses forces.

« Saleté », grommela-t-elle.

Elle remplit les deux verres.

« C'est quoi ? demanda Fanny.

— Bourgogne. Puligny-Montrachet 2010.

— Du vin pour les fêtes ?

— Fann, j'ai tellement la trouille, pas possible de boire autre chose à sa santé.

— Bien sûr, non. Bien sûr. Il ne voudrait pas. »

Elles se tassèrent l'une contre l'autre et burent doucement, les yeux vagues sur l'écran, oubliant les toasts.

Le premier soir sans lui, elles étaient allées dormir, étonnées qu'il ne prévienne pas de son retard. Le premier matin sans sa voiture sous l'auvent du garage, son portable étant sur répondeur, elles avaient laissé de pressants messages, avaient appelé la maison de ville, qui sonnait dans le vide, heure après heure. Elles s'étaient perdues en conjectures, n'osant pas joindre son fils. Le deuxième matin, un coup de fil au cabinet les informa qu'il n'en faisait plus partie depuis un mois. Alors, elles avaient téléphoné aux urgences de tous les hôpitaux de la ville. Sans succès. Elles avaient fouillé dans ses papiers, trouvé le nouveau contrat de travail à l'essai, appelé le standard, appris qu'il avait quitté l'entreprise deux jours plus tôt. Tracé un demi-cercle autour de Lyon et joint les hôpitaux des villes moyennes situées entre une et deux heures de route du côté des montagnes. « Nous sommes sa famille », disaient-elles.

« M. Desormeaux est en réanimation, avait prononcé une voix qu'elles n'oublieraient jamais. Il vient de subir une opération à cœur ouvert. À partir de demain, nous l'espérons, il sera transféré au service des soins intensifs, où il restera plusieurs jours. Vous pourrez le voir, mais il ne pourra pas vous parler. Nous n'avions pas trouvé, dans ses papiers ou dans son téléphone, de personne à prévenir en cas d'accident. »

Elles s'étaient jetées dans la voiture de Fanny vers l'autoroute, sans respecter les limitations de vitesse jusqu'à Grenoble. Elles avaient vu Henri par la vitre de la salle de réanimation, discuté avec le personnel médical, laissé leurs numéros de portable et pris une chambre d'hôtel en ville.

Quand il ouvrit les yeux, deux jours plus tard, masque à oxygène sur le visage, elles se tenaient toutes les deux à ses côtés. Pendant une semaine, Élise et Fanny se rendirent à l'hôpital à tour de rôle, demeurant près de lui la journée et repartant le soir aux Champs captants. Il put commencer à parler au bout de trois jours.

Don Diego tournait sur lui-même, s'effondrait dans un soupir sur son tapis dans le hall. Il ne sortait plus qu'une fois le soir et une fois le matin pour des moments trop brefs. Élise et Fanny mangeaient en silence, appelaient l'hôpital, se tassaient sur le canapé jusqu'au milieu de la nuit en buvant du bourgogne. Elles ne répondaient pas au téléphone fixe, ramassaient le courrier sans l'ouvrir et le déposaient sur le bureau d'Henri, y compris les avis de lettre recommandée. « Épargnez-lui tout stress, répétaient les infirmières, et pas de fleurs en chirurgie. » Qu'est-ce qu'on va faire au cas où, si jamais ? s'interrogeaient-elles. Et le chien, que deviendrait-il ?

« Stan a trouvé un gardien de nuit pour le remplacer, il a emménagé dans une maison avec un jardin, raconta Fanny. Un grand jardin près d'un bois. Il aime les gros chiens. Mais ça va aller, les médecins sont confiants, il va s'en sortir. Bien sûr, oui, ça va déjà un peu mieux. On va quand même demander. »

Fanny décrocha un petit miroir baroque de l'entrée, fixa une ficelle à son anneau et elles sortirent. Elle plaça un bâton d'encens et une bougie sur la margelle, les alluma et se recueillit. À onze heures onze précises, le miroir tourna au-dessus de la fontaine du jardin et réfléchit des éclats de lune. Il effleura un instant la surface de l'eau. Soudain, une grande clarté jaillit de la glace, comme si la lune et la bougie avaient été aspirées et rejetées dans un souffle. Puis plus rien.

« Il va guérir ! »

Elles restèrent longtemps enlacées à contempler la fontaine et le miroir doré oscillant entre l'eau et la nuit.

Le samedi, le service de cardiologie appela tôt le matin pour les informer qu'il y avait eu des complications et qu'Henri était de nouveau en soins intensifs. Elles passèrent le week-end à Grenoble, implorant chacune pour soi le miroir. Après une semaine de grande alarme et beaucoup d'heures d'autoroute pour les deux femmes, Henri regagna une chambre particulière.

Elles lui proposèrent un lit médicalisé dans le salon, il refusa aussi fort qu'il le pouvait. Il exigea qu'elles engagent une infirmière à demeure jusqu'au moment où il pourrait se rendre aux toilettes sans aide. Sur la route du retour, après trois semaines d'hospitalisation, Fanny conduisit avec précaution pendant qu'Henri regardait fixement les montagnes sans rien dire. Élise empêcha Don Diego de faire la fête autour de lui quand il s'extirpa de la voiture. Elles l'installèrent avec grand soin dans sa chambre à l'étage, il était gris lorsqu'il s'allongea. L'infirmière arriva rapidement. Il fut convenu qu'elle resterait dans la chambre d'amis au bout du couloir, celle avec le trumeau. Henri réclama de la musique pour tuer le silence, une télé pour étouffer son angoisse.

41.

Chant notarial

« Je vous ai fait venir car le cas de figure est rare », dit le notaire à Pia en joignant les doigts des deux mains, un geste suranné qui contraste avec sa chemise rose au col ourlé de blanc et son pull en cachemire bleu ciel. Une pose sans doute héritée de son père, dans le bureau du rez-de-chaussée, qui porte la cravate et des vestes taillées sur mesure.

« Mon client ne vous connaissait pas lors de la rédaction de ses dernières volontés. Vous n'êtes donc pas mentionnée dans son testament. J'ai dû avoir recours à des détectives pour vous trouver, et ils vous ont trouvée. Vous voici, et je suis le premier à m'en réjouir. »

Pia garde le silence. Elle a attendu longtemps dans le hall glacé, moquetté, en pierre apparente, en bas d'un escalier monumental. Elle oscille entre l'énervement, la crainte et la curiosité.

« Comme vous le savez, poursuit le notaire en se reculant au fond de son large fauteuil en cuir, il y a dans tout testament une part réservataire, naturellement, qui revient aux enfants du défunt. En l'occurrence, il s'agit d'un fils, car sa fille a disparu il y a de nombreuses années et personne n'a plus entendu parler d'elle. Nous avons retrouvé des documents au Brésil qui attesteraient sa mort. Mais, et c'est quelque chose que l'on ne voit pas souvent, son fils unique a refusé l'héritage, pourtant assez important, à l'exception d'une maison de ville un peu délabrée qu'il a mise en location. C'est son droit. Oui, celle que vous habitez ! Ça n'est pas banal. Un hasard peu banal, c'est le suc de notre métier ! ajoute-t-il, content de lui.

« Cependant, il existe une clause dans ce testament qui prévoit ce cas de figure, les relations entre père et fils n'ayant jamais été bonnes, apparemment. Cette clause vous concerne. Je vous la résume. En cas de refus de la part de l'héritier, cette partie des biens du défunt échouera à la personne qui l'aura veillé sur son lit de mort et dont cela n'est pas la fonction première, ce qui exclut le personnel soignant.

« Si cette personne, entendez-moi bien, a changé l'eau des roses, je dis bien des roses, et l'a accompagné jusqu'à sa dernière demeure, elle sera légataire universelle, exception faite, naturellement, de la part réservataire.

« Dans le cas où personne ne remplirait ces conditions, ces biens seraient entièrement versés à la Fondation pour la préservation de l'espace naturel des Champs captants.

« D'après notre enquête, vous, Madame, vous l'avez veillé, vous avez acheté des roses, vous avez changé l'eau et vous avez accompagné M. Henri Desormeaux au cimetière.

« Vous êtes donc son héritière. Félicitations.

— Il y a des frais ? demande Pia, dont le cœur s'est arrêté de battre, comme au poker quand on découvre la dernière carte du carré d'as.

— C'est prévu », répond le notaire, un peu pincé.

Il attendait une explosion de joie et reste sur sa faim. La réaction terre à terre de Pia le déçoit.

« Des liquidités permettront largement de s'en acquitter, précise-t-il, et de régler nos honoraires et ceux des détectives.

— Et en quoi consiste l'héritage ? »

La voix de Pia a blanchi jusqu'à la transparence. Le notaire pousse vers elle au travers du bureau une longue clef.

42.

Chant d'Isabeau

La nuit s'enfonçait dans la brume humide. Élise, à grandes enjambées, effrayait les bêtes qui bruissaient parmi les feuilles. Elle serrait une lampe de poche entre ses doigts pour le moment où la lumière disparaîtrait. Les sphères des puits ponctuaient le pré à découvert, Élise suivait le chemin de ronde sous les frondaisons. Elle avait enfermé Don Diego et quitté le parc au crépuscule. Besoin d'entendre la cadence de sa respiration oblitérer les mots qui lui venaient. Elle chantonnait très bas pour ne pas laisser place à ses propres phrases : « Isabeau s'y promène le long de son jardin, le long de son jardin, sur le bord de l'île, le long de son jardin, sur le bord de l'eau, sur le bord du vaisseau ; [...] la chanson que tu chantes, je voudrais la savoir ; [...] elle se mit à pleurer sur le bord de l'île, [...] je pleure mon anneau d'or, dans l'eau il est tombé, sur le bord de l'île. [...] Le galant s'est noyé, sur le bord de l'île. » Sa voix déraillait, elle accélérait le pas au rythme incantatoire de la vieille chanson.

Henri leur avait fait une procuration à son retour de l'hôpital. Elles avaient filé à la Poste chercher les lettres recommandées. Courrier de la préfecture, du tribunal judiciaire. Déclaration d'utilité publique du parc et des bâtiments pour extension du périmètre de protection des captages et de l'espace naturel des Champs captants. Ordonnance d'expropriation. Transfert au profit de la collectivité des immeubles désignés. « Vous avez un mois pour contester l'indemnité qui vous est proposée et qui correspond à la valeur vénale du bien exproprié à la date de la décision de première instance. »

Un mois. Quatre semaines. Comment adoucir la nouvelle ?

« On ne part pas, avait assené Élise. Il faudra nous envoyer la force des baïonnettes – comment on dit déjà ? Cette affaire sent trop le poisson. C'est non, non et non. On reste ! Tu vas voir, on ne va pas se laisser faire, ils vont devoir reculer. Appelle l'ABF. »

Fanny avait exposé la situation à l'architecte des Bâtiments de France qu'Henri consultait souvent pendant la rénovation de la bâtisse. Il était venu dîner avec sa femme après les travaux et s'était révélé un joyeux compère. Grâce à lui, la Folie avait été inscrite à l'inventaire supplémentaire des monuments historiques, ce qui lui garantissait une certaine protection.

« Je ne peux rien faire, expliqua l'architecte, tant qu'on ne touche pas au bâtiment. Le préfet a décidé que l'intérêt général prévalait. Navré, je n'ai pas vu passer l'enquête publique, je vous aurais prévenus. C'est à ce moment-là qu'on aurait pu agir, et pendant les deux mois suivant la déclaration d'utilité publique. Je ne sais pas qui est derrière, l'entreprise de distribution d'eau, probablement, mais peut-être aussi les associations de protection de la nature, ou un peu des deux, même si ce mariage paraît invraisemblable à première vue, j'allais dire contre nature, la carpe et le lapin, désolé, enfin bon. Je pourrai seulement éviter qu'ils dégradent la maison. »

Il fallut avertir Henri. Un soir au bord de son lit. Chacune d'un côté, parlant doucement, en lui laissant beaucoup d'espoir. L'avertir qu'il devait charger son avocat de trouver un vice de procédure ou un vice de forme et de saisir le juge administratif. Se tenir auprès de lui quand la nouvelle saisirait son corps et son souffle. « Trop tard, répondit l'avocat, vous aviez quinze jours après la notification de l'ordonnance, hospitalisation ou pas. Maintenant, resterait la négociation pour l'indemnité. » Henri étouffait dans le gilet thoracique qu'il devait garder six semaines pour consolider son sternum fracturé par l'opération. Fanny massait les cicatrices trois fois par jour, et tout son corps aussi, car il ne devait pas se tourner sur le côté. L'infirmière à demeure changeait les pansements, administrait les sédatifs, veillait à sa toilette et à son confort en l'absence des deux femmes.

« Vos amies vous soignent bien, avait-elle dit pour être gentille, vous vous remettez très vite, vous allez pouvoir marcher bientôt.

— Ce ne sont pas seulement mes amies, avait répondu Henri sèchement. Nous sommes ensemble, comprenez bien.

— Mais oui, oui, avait dit l'infirmière. Vous avez de la chance, vous autres. Ça ne m'aurait pas déplu à mon tour, si mon mari avait bien voulu, j'avais une chérie à l'époque. Ne vous fâchez pas, restez bien calme, nous sommes là pour vous.

— Je vais les perdre », gémissait Henri.

« Serre-moi, serre-moi fort, suppliait Fanny. Si on doit quitter la maison, on risque de se défaire, nous aussi. »

Élise caressait les fesses de Fanny, dont les miroirs affolés renvoyaient les stries rouges bardées de lune et la soie dorée enfin revenue près de l'aine. On s'aimera toujours. Est-ce que c'est vrai ? Est-ce que c'est vraiment arrivé ? Avons-nous été un ? « Comme personne », répondit Élise qui la prit dans ses bras pour l'étreindre. « Je ne pourrai plus jamais être toute seule », comprit Fanny. « Je ne pourrai plus jamais être en couple », se dit Élise.

Auprès d'Henri, elles s'efforçaient de se montrer enjouées et pragmatiques, organisant des apéritifs sans alcool autour du lit et lui chantant de vieilles comptines à deux voix pour alléger son cœur rafistolé, lui massant les pieds, le rasant et coupant ses cheveux, le soutenant dans ses premières déambulations sur le tapis du couloir. « Car si le Rhône nous donne encore vingt ans, chaque matin, chaque heure est un miracle », chantonnait Fanny en refaisant le lit d'Henri pendant qu'il l'observait du fond de son fauteuil avec autant de nostalgie que de tendresse muettes.

Les visites de l'avocat, de l'architecte et de quelques amis proches et de bon conseil le laissaient abattu pendant de longues heures. La commune voulait exercer son droit de préemption. Les indemnités promettaient d'être dérisoires. La bataille juridique faisait rage.

Élise traversa le pré aux puits en cherchant des yeux de toute part la présence du Louis, qui faisait habituellement sa ronde juste après le coucher du soleil. « Il va m'entendre, celui-là. Il savait, on est sûrs qu'il savait et qu'il ne nous a rien dit, à cause du chien, du grillage autour du parc, du bonheur des autres qui rend amer. Pauvre type, si je le croise, je le démolis, j'en fais de la chair à pâté, de la pulpe, et je balance son cul dans le canal, qu'il n'en reste rien. »

43.

Chant de renaissance

Ils se battirent mois après mois. L'avocat essaya d'ouvrir les plus petites failles du dossier, les quelques amis influents qui n'avaient pas lâché Henri tentèrent l'impossible, mais la tenaille se refermait. L'expropriation concernait la Folie et ses communs. Cependant, en vertu d'une anomalie qu'ils ne s'expliquaient pas, le pavillon du gardien, construit dans une déclinaison humble du style de la maison, avec une petite colonnade et un auvent, était épargné. Son entrée principale se situait en dehors des limites du parc, le petit bâtiment étant adossé à sa clôture, au bord du chemin de ronde.

Henri reprenait lentement des forces. Malgré l'application des deux femmes en cuisine, il touchait à peine à son assiette. La saison douce lui permettait de faire la sieste sur une chaise longue au milieu de la pelouse. Le kiné se déplaçait tous les jours. Élise conduisait Henri une fois par semaine à l'hôpital pour son programme de réadaptation.

Fanny l'avait déménagé dans sa chambre à elle, plus lumineuse, qu'elle considérait comme la plus bénéfique de la maison, d'où il pourrait tirer vigueur renouvelée et pleine santé. Apparemment, elle avait réussi, ou bien étaient-ce ses mains, qu'Élise qualifiait de magiques, ses mains de guérisseuse, ses massages aux huiles de sorcière concoctées avec les simples de la serre, qu'elle lui prodiguait le soir sans relâche devant les miroirs bouleversés ? Désœuvré pour la première fois de sa vie, Henri apprenait à grand-peine à aimer les heures du jour. Il bataillait avec la douleur, avec l'ennui quand elle le lâchait. Les amis proches passaient régulièrement et s'asseyaient un moment près de lui, lui permettant un répit éphémère. Il s'agaçait devant les programmes télévisés ou les séries, ne pouvait pas lire plus de deux pages d'affilée, supportait mal la présence de Don Diego, se montrait avare de tendresse aussi avec les deux femmes. Uniquement à l'hôpital, dans le service spécialisé, en présence de la thérapeute avertie, s'autorisait-il à baisser la garde et à verser quelques larmes qui lui faisaient honte. « Parfaitement normal, lui disait-on, frôler la mort de si près, perdre sa maison… Laissez-vous aller, ne prenez pas toujours sur vous, l'effort vous épuiserait. » Henri ne pleurait pas seulement sur son sort. La tristesse à venir de ses amantes le terrassait. Des fils croisés, pour ténus qu'ils soient, forment une trame solide. Tirer sur l'un d'eux, quitter les lieux, il le savait, menacerait un équilibre devenu instable, bancal. La magie de sept ans d'amour se dissoudrait dans l'air comme un voile de pollen que l'on brosse d'un geste de la main sur sa veste, une nuée d'or.

« Ne t'en fais pas pour nous, on sait où aller, on n'est pas à la rue, nous avons du travail, disaient-elles. Courage, on va s'en sortir, tant pis, ça sera différent, mais on est plus fortes que ça ; le plus important, c'est toi, accroche-toi, respire, il faut te réparer, ensuite on verra. »

« Tu irais où ? demanda Élise à Fanny.

— Je n'en sais rien, je trouverais bien. Mais j'irais avec Don Diego, je n'abandonnerais pas ce chien. »

« C'est spectaculaire, affirmaient les médecins, vos cicatrices se résorbent incroyablement bien et votre état général force l'admiration, vous êtes la fierté du service. Vous pouvez commencer à faire du vélo doucement sur terrain plat. »

Don Diego trottait à ses côtés pendant qu'il faisait le tour du parc sans appuyer démesurément sur les pédales. Un soir, il s'aventura sur l'île sans le chien, roula à découvert le long des puits, près des bassins où tournoyaient les grues, jusqu'à la station de pompage. Il était prêt à revenir par l'autre côté quand il aperçut le Louis. Les deux hommes se toisèrent en silence.

Les feuilles jaunissaient dans les grands arbres, rougissaient, tombaient ; ce fut l'hiver. L'avocat arracha à la collectivité un compromis honorable qui ne prenait pas en compte la valeur de la Folie luxueusement rénovée, mais permettrait à Henri d'éviter le naufrage.

44.

Oratorio

Dans la chambre olive baignée du vieux rose des rideaux anciens dont le soleil de fin d'après-midi illuminait les fleurs dansantes, leurs mains croisées sous le drap.

Il faudra murer cette pièce, qu'ils ne la trouvent jamais. Prenez les meubles dont vous avez besoin, on vendra les autres. Besoin de rien, mon appartement est trop petit et déjà plein. On mettra ce qui reste dans le pavillon du gardien quand j'aurai enlevé mes affaires, on verra plus tard. Nous aurons chacun une clef du pavillon. Don Diego vient avec moi, rendez-lui souvent visite ; Stan nous accueille dans sa maison près du bois. Ça ne sera plus chez nous. Non. Installe-toi dans le pavillon, Fanny. Non, impossible. Pas sans vous, pas sans nous. On pourrait investir la maison d'hôtes, là-haut, qui a été chez nous autrefois, on y était bien. Je ne pourrai plus regarder l'île depuis la terrasse, j'aurai trop de peine. Et trop de haine. Laissez-leur la haine, c'est leur fonds de commerce. Je ferai refaire la maison de ville, quand elle sera habitable vous y viendrez.

« J'aime un homme et une femme, se dit Élise. Au lit entre eux deux, comme entre les parents, tabou, scène primitive, tabou, inceste inimaginable, unis, fondus dans une même chair originelle. J'ai tenu dans mes bras le double de l'amour. Je suis entière et grandie. Ce secret nous rend intouchables. »

« Je serai là pour le déménagement, puis je vais partir un an, dit-elle. J'ai reçu une bourse de résidence en Allemagne pour une traduction, je reviendrai chez moi ensuite. Prenez de vous le plus grand soin, faites-le pour moi, je vous aime si fort, vous me manquez déjà, vous me manquerez toujours. »

Le soir, ils se promenaient dans les craquements des ténèbres, autour du parc, fiers, au désespoir.

45.

Decrescendo

Ils partirent comme ils étaient venus, avec quelques valises. Chacun dans sa voiture, Fanny avec le chien. Ils fermèrent la grande grille ouvragée près du pavillon, quittèrent l'île par le nord, par la nouvelle route près de la pile du pont de la rocade, au milieu des travaux, sous un ciel déstructuré.

Henri déposa au fond de sa cabane de jardin, en ville, un carton de souvenirs et empila par-dessus les pots de peinture destinés au pavillon, avec la vague intention de repeindre la maison quand Élise reviendrait. Il attendit six mois d'être complètement remis. Puis il entreprit de chercher sa fille, disparue en Amérique du Sud depuis un long moment. Il prit l'avion pour Buenos Aires, où elle se serait installée, y resta deux semaines dans un hôtel confortable, et, sur ses traces, se rendit au Chili, où il demeura un mois entier, d'abord à Horcón, près de Valparaíso, ensuite dans plusieurs communautés Mapuche, où il apprit qu'elle était en route pour le Pérou. À Lima, dans le quartier Barranco, des rumeurs circulaient sur le couple qu'elle formait avec un vieux dealer hollandais qui parlait toutes les langues et ne passait pas inaperçu en raison de sa haute taille. Ils s'en seraient allés au Brésil, mais personne ne savait où.

Fatigué des regards désolés de la population qui répondait gentiment à ses questions, rompu par les transports malaisés, l'exil, la solitude dans une langue étrangère qu'il se sentait trop vieux pour apprendre, Henri rentra à Lyon. Il s'acheta une canne et un chapeau orné d'un ruban.

46.

Chant du pavillon

Pia et Pascale sortent de la voiture devant un petit bâtiment cocasse, une maison de gardien en pierre de taille et colombages, coiffée d'une toiture à la Mansart aux tuiles pimpantes. Derrière, le mur d'enceinte et la grande grille du parc qui gardent l'allée cavalière menant à la Folie. Un gros chat forestier allongé comme un sphinx se chauffe au soleil en haut du mur et observe les deux femmes. Le chemin depuis la pile nord de la rocade est boueux, leurs chaussures se maculent immédiatement dans les flaques. Elles montent les trois marches pour accéder à l'entrée sous l'auvent qui court le long de la façade. Pia extrait de sa poche une longue clef, elles se regardent, elle ouvre la porte. Le sol est couvert de tomettes inégales panachées de rose. Sur les murs, du papier peint aux rayures décolorées craquelle. Les hautes fenêtres jettent un jour fatigué sur un amoncellement de meubles, matelas, sommiers, vieux tapis, objets, lampadaires, outils de jardin, pots de fleurs, tondeuse, un fatras mal empilé à l'odeur d'autrefois qui leur serre le cœur tandis qu'elles se glissent au travers avec précaution pour ne rien accrocher. Dans la cuisine au carrelage marron, des ustensiles dans leur boîte d'origine, mixeur, appareil à raclette, blender, wok, machine à faire du pain, à couper les pommes, à presser les agrumes, à trancher le saucisson... Et des cartons entiers de couverts, assiettes, cruches, couteaux japonais, plats ronds, plats ovales, saladiers en porcelaine, en verre, en faïence ébréchée, en plastique, culs de poule, casseroles, poêles usagées, poêlons, cocottes, faitouts. À l'étage, un vaste palier très encombré et deux chambres. L'une d'elles est vide, sauf pour un bureau et un fauteuil à roulettes près de la fenêtre. Dans l'autre, qui contient un très grand lit, dressés contre les murs sur le plancher, neuf grands miroirs dorés soigneusement emballés dans du papier bulle.

Remerciements

L'autrice remercie le Centre national du livre pour son soutien.

Merci à Robert Jonac et à Domi pour la merveilleuse découverte des Champs captants.

Merci toujours à Carol Vanni et à Guillaume D.

Table des matières

1. Une version antérieure de ce texte a paru dans la revue *Siècle 21* en mars 2013.

Ce livre existe grâce au travail de toute une équipe.

Communication : Caroline Babulle, Sandrine Perrier-Replein, Inès Paulin, Adélaïde Yvert.

Coordination administrative : Martine Rivierre.

Studio : Pascaline Bressan, Barbara Cassouto-Lhenry, Joël Renaudat.

Fabrication : Muriel Le Ménez, Céline Ducournau, Bernadette Cristini, Sophia Paroussoglou, Isabelle Goulhot.

Commercial, relation libraires et marketing : Laetitia Beauvillain, Perrine Therond, Ombeline Ermeneux, Élise Iwasinta, Morgane Rissel, Arthur Rossi, Aurélie Scart.

Cessions de droits : Benita Edzard, Lucile Besse, Sonia Guerreiro, Costanza Corri, Elisabeth Stempak.

Gestion : Sophie Veisseyre, Chloé Hocquet, Isabelle Déxès, Camille Douin.

Services auteurs : Viviane Ouadenni, Jean-François Rechtman, Catherine Reimbold.

Ressources humaines : Mylène Bourreau.

Juridique : Laëtitia Doré, Anaïs Rebouh, Valérie Robe, Lucie Bergeras, Julia Crosnier.

Avec le soutien des équipes d'Interforum et d'Editis qui participent à la création, la diffusion et la distribution de ce livre.

Canoros Vehit Canentes

pca
cmb
édition pré-presse
livres numériques

44400 Rezé

Imprimé en France par CPI
en mars 2023

#lisez! engagé
www.lisez.com

Pour plus d'information :

Imprimé sur du papier issu de forêts gérées durablement.

N° d'édition : 65164/01 – N° d'impression : 2070679